NĀ HOʻONANEA
O KA MANAWA

NĀ HOʻONANEA O KA MANAWA
PLEASURABLE PASTIMES

Kaʻohuhaʻaheoinākuahiwiʻekolu

Translated by Kilika Bennett *and* Puakea Nogelmeier

In collaboration with the Institute of Hawaiian Language Research and Translation

University of Hawaiʻi Press
Honolulu

© 2024 University of Hawai'i Press
All rights reserved
Printed in the United States of America

First printed 2024

Library of Congress Cataloging-in-Publication Data

Names: Kihe, John Waile Heremana Isaac, author. | Bennett, Kilika,
translator. | Nogelmeier, Puakea, translator.
Title: Nā ho'onanea o ka manawa = Pleasurable pastimes /
Ka'ohuha'aheoinākuahiwi'ekolu ; translated by Kilika Bennett and Puakea
Nogelmeier.
Other titles: Pleasurable pastimes
Description: Honolulu : University of Hawai'i Press, [2023] | Includes
index. | In English and Hawaiian.
Identifiers: LCCN 2023017499 (print) | LCCN 2023017500 (ebook) | ISBN
9780824892753 (hardcover) | ISBN 9780824892760 (trade paperback) | ISBN
9780824896539 (PDF)
Subjects: LCSH: North Kona District (Hawaii)—Social life and customs. |
North Kona District (Hawaii)—History.
Classification: LCC DU628.H28 K54 2023 (print) | LCC DU628.H28 (ebook) |
DDC 996.9/1—dc23/eng/20230503
LC record available at https://lccn.loc.gov/2023017499
LC ebook record available at https://lccn.loc.gov/2023017500

Cover art: Kahinihini'ula, a chiefly bathing pool on the boundary of Kaloko and
Honokōhau Nui. Photograph by Kilika Bennett (2019).

University of Hawai'i Press books are printed on acid-free paper and meet the
guidelines for permanence and durability of the Council on Library Resources.

Designed by Mardee Melton

Contents

vii *Acknowledgments*
ix *Introduction*
x *Maps*
xiii *Translators' Notes*

NĀ HO'ONANEA O KA MANAWA

3 Ka Wai o Kahinihini'ula / The Water of Kahinihini'ula
4 Pu'uokāloa / Hill of Kāloa
6 Ke Puhi a Kaleikini / Kaleikini's Blowhole
6 Ke Ana 'o La'ina / La'ina Cave
13 Ka Pūnāwai 'o Wawaloli / Wawaloli Spring
19 Ka Lae 'o Keāhole / Keāhole Point
22 Ka'elehuluhulu
24 Ke Ahu a Kamaihi / The Cairn of Kamaihi
26 Manini'ōwali
32 Ka Wai a Kāne / The Water of Kāne
37 Luahinewai
38 Ka Loko 'o Kīholo / Kīholo Pond
39 Ka Pu'u 'o Moemoe / Moemoe Hill
47 Puo'a o Ka'uali'i / Ka'uali'i's Pavilion
55 Ka Loko 'o Wainānāli'i / Wainānāli'i Pond
55 Nā Wai 'Ekolu / The Three Waters
56 Nā Pūkolu a Ka'enaokāne / The "Three Canoes" of Ka'enaokāne
56 Kanikū a me Kanimoe / Kanikū and Kanimoe
58 Ke Ahu a Lono / The Altar of Lono
60 Hi'iakaika'ale'ī
60 Kapalaoa
61 Pōhaku 'o Meko / Meko Rock
61 Nā Pōhaku Kūlua i ke Kai / The Rock Pair in the Sea
61 Kapalaoa
62 Kūaiwa Stony Island
62 Nāipuakalaulani
62 Nā Wahi Pana o Pu'uanahulu / The Celebrated Places of Pu'uanahulu
63 Nā Pana 'Ē A'e o Pu'uanahulu / The Other Celebrated Places of Pu'uanahulu

63	Kukui o Hākau / Kukui of Hākau
66	Nā Wahi Pana i Koe o Puʻuanahulu / The Remaining Storied Places of Puʻuanahulu
67	Nā Wahi Pana o Puʻuwaʻawaʻa Puʻu / The Celebrated Places of Puʻuwaʻawaʻa Hill
68	Ka Loko ʻo Paʻaiea / Paʻaiea Pond
71	Nā Kaikamāhine Pūlehu ʻUlu / The ʻUlu Roasting Girls
74	Pōhaku ʻo Lama / Lama Rock
75	Kuʻunaakeakua
79	He Puʻu ʻo Kuili / A Hill Called Kuili
79	Nūheʻenui
79	Ka Puʻu ʻo ʻAkahipuʻu / ʻAkahipuʻu Hill
83	He Ana ʻo Mākālei / A Cave Called Mākālei
88	Hanakaumalu
88	Ka Puʻu ʻo Honuaʻula / The Hill Called Honuaʻula
88	Ka Puʻu ʻo Hainoa / The Hill Called Hainoa
89	Pohokinikini
93	Nā Lā Laki a Pōmaikaʻi o ka Hānau ʻana o nā Keiki ma Kēlā me Kēia Mahina a Puni ka Makahiki / The Lucky and Fortunate Days for Children Born in Each Month throughout the Year
95	Ka Helu Malama a me ka Papa Inoa o ke Kau ʻana o ka Mahina a Puni ka Makahiki / The List of Months and the List of the Names of the Moon Phases through the Year
99	Ka Papa Helu Kahi a Helu Nui a Helu Piha a nā Poʻe Kahiko o Hawaiʻi nei / The Listing of the Sum Tally and the Full Accounting of the Ancients Here in Hawaiʻi
103	He Wahi Moʻolelo no Kaniwai / A Short Story for Kaniwai
106	He Wahi Moʻolelo no Haliʻipala a me Malupaʻi / A Short Story about Haliʻipala and Malupaʻi
108	He Wahi Moʻolelo no Nānāikahaluʻu / A Short Story about Nānāikahaluʻu
111	Nā Nane Hoʻonanea / Pleasurable Puzzles
112	Ka Inoa o nā Lāʻau Hawaiʻi e Ulu ana mai ka Piko o nā Kuahiwi a Hōʻea i nā Lae Kahakai a ke Kai e Poʻi ana / The Names of Hawaiian Plants Growing from the Mountain Peaks to the Ocean Points Where the Waves Break
121	*Index of Moʻolelo*
123	*Index of Place-Names*
127	*Index of Personal Names*
129	*Index of Wind Names*
130	*Index of Rain Names*
131	*Index of Animal Names*
132	*Index of Plant Names*

Acknowledgments

We would like to thank the staff and graduate students of the University of Hawai'i Institute of Hawaiian Language Research and Translation (IHLRT) for facilitating the early stages of the translations of the *Nā Hoʻonanea o ka Manawa* series. We would also like to thank the team members of the 'Ike Wai project for inspiring the initial search for cultural and historical material regarding the water sources of Kona, Hawai'i, in the Hawaiian-language newspapers and for their supportive responses to our findings, ultimately leading to the acquisition of Mr. Kihe's entire published series.

We would also like to offer a special thanks to the kamaʻāina (locals) of the Kekaha Wai ʻOle O Nā Kona region and beyond who shared their knowledge of the history and culture of North Kona and took us to tour the wahi pana (storied places) featured in the newspaper series, allowing the moʻolelo (stories) to come alive for us, informing and contextualizing our processes of translation. He wahi leo mahalo kēia iā ʻoukou pākahi a pau, e Hannah Kihalaninui Springer, Reggie Lee, Robert Lee, Leinaʻala Keakealani Lightner, Kuʻulei Keakealani, Mana Purdy, Mike Ikeda, Nicole "Keaka" Lui, Mahealani Pai, Jerome Kanuha, Jackie Kaluau, Aaron Kahananui, Bobby Camara, a me Kāʻeo Duarte.

Introduction

Nā Hoʻonanea o ka Manawa, translated as *Pleasurable Pastimes*, is a large collection of stories about culturally significant places in Kekaha Wai ʻOle O Nā Kona, "the waterless strand of Kona, Hawaiʻi." This series is a rare gem, offering detailed descriptions and histories of wahi pana (storied sites) that have been scantily documented over the course of time. Published in 1923 and 1924 as a serial column in *Ka Hoku o Hawaii*, a Hilo-based Hawaiian-language newspaper of Hawaiʻi's territorial period, these moʻolelo (stories) feature extensive listings of moon phases, calendrics, counting methods, and plant names, making the collection a treasury of local knowledge and cultural traditions that extend far beyond the region.

The author of the series, John Waile Heremana Isaac Kihe, wrote it under the pen name Ka ʻOhu Haʻaheo I Nā Kuahiwi ʻEkolu. Born in 1854, Kihe was a teacher, a resident sage of Kalaoa, North Kona, and a valued contributor to Hawaiian newspapers for nearly half a century. From the 1880s through the 1920s, Mr. Kihe wrote commentary, cultural and political editorials, and articles of local interest, as well as major works of Hawaiian literature, for *Ka Hoku o Hawaii* and other publications.

Mr. Kihe was strident about perpetuating Hawaiian language and Hawaiian knowledge, and he commonly concluded his accounts in the series with sentiments of affirmation and hope that the stories and traditions he documented would forever be remembered. Knowledgeable and proud of his area's heritage, Kihe believed that putting this information in writing and disseminating it through *Ka Hoku o Hawaii* could help to circumvent this erasure, preserve the cultural knowledge of Kekaha Wai ʻOle O Nā Kona and beyond, and provide a resource for those of his own time and for generations to come.

Credited with the authorship of extended tales such as *Kaʻehuikimanōopuʻuloa* (*Ke Au Hou*, 1910–1911) and the story collections *Nā Hoʻonanea o ka Manawa* (*Ka Hoku o Hawaii*, 1923–1924) and *Ka Waiū a me ka Meli* (*Ka Hoku o Hawaii*, 1920, 1926–1927), he is also referenced as a collaborator on the serial publication of *Kamiki* (*Ke Au Hou*, 1911–1912, and *Ka Hoku o Hawaii*, 1914–1917, with John Wise) and *Hiʻiakaikapoliopele* (*Ka Hoku o Hawaii*, 1924–1928, with Reverend Desha).

One hundred years later, this book presents the complete collection of scanned moʻolelo from *Nā Hoʻonanea o ka Manawa* alongside thoughtful English translations by Kilika Bennett and Puakea Nogelmeier, as well as indexes of the named places, people, winds, rains, plants, and animals. In a time when many are looking to remember, relearn, revive, and reintegrate Native Hawaiian knowledge, traditions, and resource management practices, this republication of Kihe's work is a much-needed contribution serving multiple audiences: researchers, scholars, and students of Hawaiian language or in Hawaiian fields of study; residents of the Kona district; and the general community that finds interest in things Hawaiian. In the true fashion of *Nā Hoʻonanea o ka Manawa*'s author, it could perhaps be best described as "he mea hoomanao no na hana oia au i hala, a he mea hoi e poina ole ai i na mamo o keia la a mau aku" (a memorial for the events of the past and something to ensure that the children of today and forever more will never forget; *Ka Hoku o Hawaii*, 11 October 1923, p. 1).

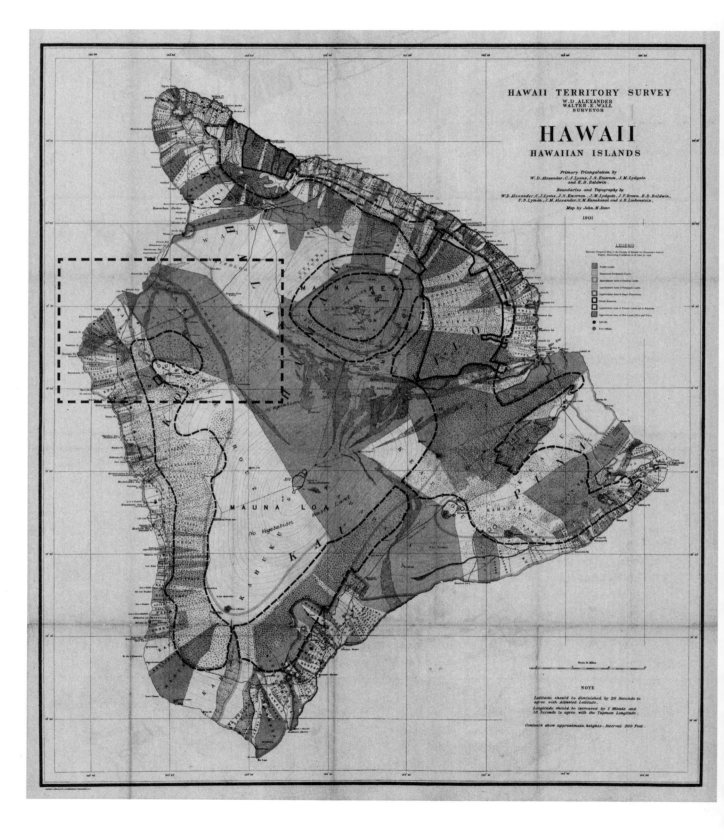

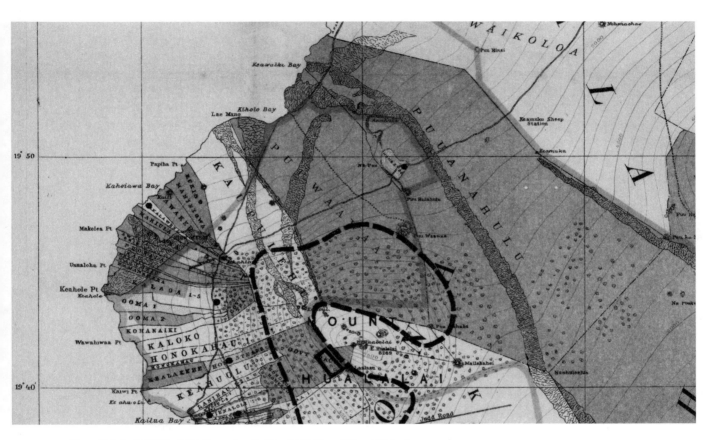

Above: Kekaha Wai ʻOle O Nā Kona, detail of the 1901 *Map of Hawaiʻi Island*.

Opposite page: 1901 *Map of Hawaiʻi Island* by W. D. Alexander, John M. Donn, and Walter E. Wall. Digital image courtesy of the Map Collection, University of Hawaiʻi at Mānoa, Hamilton Library.

The translation of the series began at the Institute of Hawaiian Language Research and Translation (IHLRT), founded by Puakea Nogelmeier at the University of Hawaiʻi at Mānoa (UH) in 2016. The IHLRT was created to facilitate access to the Hawaiian-language repository for all fields of study while providing UH Hawaiian-language graduate students with professional experience and training in research and translation. Nogelmeier, a professor of Hawaiian language at UH, guided these students as they addressed the research and translation of Hawaiian materials in projects for university departments, state agencies, and individual scholars. Dr. Kapali Lyon took over the mentoring upon Dr. Nogelmeier's retirement.

The Hawaiian repository in which the students focused their searches is the historical newspaper cache of seventy thousand or more digitized newspaper pages (1834–1948), equaling nearly a million letter-sized pages of text. Rudimentary optical character recognition has been completed on most of this digital archive, but both the digital images and the searchable typescripts are often rough at best and require serious manual research, along with careful perusal, especially in the process of translating. Once a resource was located and selected for translation, students were mentored in comprehending changing conventions for printed material, rarified grammar and vocabulary, archaic idioms, and unfamiliar historical references. The process reconnects historical resources while developing a new cadre of resource people.

When the IHLRT agreed to collaborate on a large National Science Foundation–funded project on water sources in ʻEwa, Oʻahu, and Kona, Hawaiʻi, students were tasked with exploring the Hawaiian archives for all materials related to water in those two districts. Working on ʻIke Wai, as the project was named, meant identifying relevant material, mostly through word searches in the digital newspaper and document archives. The students developed an extensive spreadsheet of potential resources to evaluate and prioritize for translation.

During the ʻIke Wai project, *Nā Hoʻonanea o ka Manawa* repeatedly came up in search results, and each issue provided valuable information regarding the water sources of Kona's northern region. Eventually, although not all of Mr. Kihe's stories were water related, a draft translation of each segment in the series was provided to the ʻIke Wai team. The various branches of the ʻIke Wai project found the series to be an important asset to their work and a tangible source of in-depth cultural and historical knowledge.

Like most of the work at the IHLRT, particularly interesting findings were shared among the students and staff, and *Nā Hoʻonanea* made for ongoing discussions. All recognized the great value of Mr. Kihe's series. The translators knew that a usable form of the text would be beneficial for the broader public and thus began the task of compiling and editing a fully developed translation of the series in its entirety. After Puakea's retirement from the UH and the semiclosure of the IHLRT, he and IHLRT researcher and translator Kilika Bennett continued to develop the text of *Nā Hoʻonanea o ka Manawa*, eventually resulting in this book.

Any translation is a diminished product, and the translators acknowledge this while hoping that readers will nevertheless find the pastimes here pleasurable. *Nā Hoʻonanea o ka Manawa* is but one of Mr. Kihe's legacy offerings, and the translators are pleased to make it available to readers and researchers today.

Translators' Notes

Our translation of Mr. Kihe's *Nā Ho'onanea o ka Manawa* newspaper series began while conducting water research through the Institute of Hawaiian Language Research and Translation (IHLRT) for 'Ike Wai, a National Science Foundation–funded project of the University of Hawai'i focused on understanding Hawai'i's aquifers and water resources. 'Ike Wai was a highly integrated project with a diverse team of scientists and professionals with backgrounds in coastal hydrology, community engagement and decision support, groundwater geochemistry, groundwater modeling, microbial ecology of Hawaiian aquifers, sensor design, and STEM education and diversity. This breadth of interest fostered a wide-ranging search for relevant Hawaiian resources relating to North Kona, Hawai'i, and Ewa, O'ahu, focusing on the Hawaiian newspaper repository.

To streamline our search through the massive Hawaiian-language newspaper archive (equal to a million letter-sized pages of text), we searched regional place-names and water terms, focusing on those current during the era in which the Hawaiian-language newspapers were printed (1834–1948). After filtering through hundreds of articles for material relevant to the study areas of the 'Ike Wai team, we prioritized those selected for translation.

Due to the place-specific nature of Hawaiian-language word usage and spatial references, in addition to the many possible meanings of a single Hawaiian word, we met with a hurdle in our translation process: *Nā Ho'onanea o ka Manawa* described the unique wahi pana (storied places) and practices of Kekaha Wai 'Ole O Nā Kona, and we, the translators, were from O'ahu. While we had already developed a working translation of the text, we met with a group of cultural resource people from the area, hoping for their feedback on our translation, but the kama'āina found it more appropriate and productive simply to take us to the different wahi pana mentioned in the series and share the information they had in hopes that experiencing those parts of North Kona alone would better contextualize our insights. This definitely proved to be the case, for their guided tours to the wahi pana provided us with a better depiction of the world that Kihe articulates throughout the series, and we were able to return to O'ahu with clearer ideas about rendering the translation into a final form.

The final form of any translation is a negotiation of the original text with the translator's understanding, relying on consistency, or conventions, in how the original text is grasped. What follows is a detailed description of the conventions we employed during our translation process. We hope that this guide serves as a useful reference that enables readers to better understand our translation and layout choices while having an enjoyable reading experience.

- In keeping with the IHLRT's mission to provide access to the Hawaiian-language newspaper repository and to give primacy to the original Hawaiian-language text, this translation of *Nā Ho'onanea o ka Manawa* is aligned side by side with images of the original newspaper column as it appeared in *Ka Hoku o Hawaii*. In doing so, we provided readers with not only a transparent view of our translation choices but also the ways in which we deciphered certain portions of the original text in light of faintness, ink blotches, typesetting errors, and folds.

- The paragraphs of the English translation are intentionally aligned with columns of the original Hawaiian, thus providing English readers an opportunity to view the likeness of the original text, Hawaiian-language readers a transparent view of our translation decisions, and the local community a resource supported by original documentation.

- In order to maintain the integrity of the original text, we decided not to rearrange or break paragraphs. However, due to the inability to render run-on sentences common in the Hawaiian language into understandable English, we do allow for the breaking and joining of sentences to ensure an amenable reading experience.

- Brackets are used in the translation to indicate the translators' changes or additions to the original text for the purpose of clarification. Footnotes are utilized to further clarify translation decisions and as a means to add background information deemed necessary to understand the text.

- While we maintain the goal of making the Hawaiian text available to English readers, the terms "kalo," "ʻuala," "ʻulu," "ʻawa," and "kapa" are not translated because they are widely known to Hawaiʻi audiences. However, other terms are defined in brackets or within the text the first time that the word appears in a story, even if the story spans several newspaper issues.

- Story names appear in Hawaiian first and then the translation as a subtitle, with the exception of stories titled after a single place-name. Place-names that are spelled separately or connected with dashes in the original are spelled as one word unless the term is a moniker, in which case each portion of the name is spelled separately and capitalized. Place-names used as the title of a story where the parts of the name are explained are divided in the title into the words indicated but are combined as a single place-name when referred to as such in the narrative. Place-names are marked where the meaning and associated spelling are known or *apparent*. However, where multiple spellings and meanings are possible, the place-name is left partly or wholly unmarked, and a footnote has been added to inform the reader. Terms used as geographical qualifiers for place-names are treated as monikers. Plant names are spelled as one word except where qualifiers are added and are left unmarked if modern spelling is undocumented.

- Located at the very end of the publication is an index that features the moʻolelo, the place-names, the people names, the wind names, the rain names, the animal names, and the plant names mentioned in the series as a convenience to those who wish to use this book as a resource.

NĀ HOʻONANEA
O KA MANAWA

NA HOONANEA O KA MANAWA

—

("Kakauia no ka Hoku o Hawaii, e ka Ohu Haaheo i na Kuabiwi Ekolu.")

Kekahi mau wahi Paua o Kekaha ma Kona, Hawaii.

KA WAI O KAHINIHINIULA

He wai auau keia no na alii i ka wa kahiko. He u'i keia wai, he hu'i iniki i ka ili o ka ipo ke auau.

Eia keia wai i kahakai, aia iwaena o ke-a pele, ua hoopuniia e ka pohaku a puni. Aia ma ka paiena o ke Ahupuaa o Kaloko a me Honokohau-Nui, aia malaila keia wai auau kaulana o Nalii e auau ai o na au i hala.

O ka moolelo o keia wai:

I ka wa kahiko, he mea maa mau i Nalii ka noho ana ma na kauakai, oia hoi ko Kaloko mau alii, a pela no hoi ko Honokohau. Ma kahi i kapaia o Ahauhale, malaila e noho ai nalii o Kaloko, a ma kahi hoi i kapaia o Waihalulu, malaila e noho ai ko na Honokohau poe alii.

I ka wa la'ila'i a hulili wela o ka La iluna o ke aa ame ke one, oia ka wa e hele ai e auau iloko ona kiowai hu'ihu'i iniki nei o Kahinihiniula. Aia a pau ka auau ana a hoi ae a ma ka pa oua kiowai nei, alaila, olelo ae la ka mea auau. "Heaha no la hoi ia i kahi wai o Kahinihiniula? Hu'i konikoni i ka ili, iniki me he ipo ala i ka poli."

Ke waiho nei no ua kiowai nei a hiki i keia la ma kela wahi o Nalii ua pau kahiko i ka lilo i lepo, a o kela wai, aia no ke waiho nei a hiki i keia la.

Ua waiho ia keia kiowai i ka hoomanao poina ole noia poe i hala kahiko loa mao, a ka hanau na hou e maka'ika'i aku ai i ka lakou mau mea i hana ai.

NĀ HOʻONANEA O KA MANAWA [PLEASURABLE PASTIMES]

—

(Written for *Ka Hoku o Hawaii* by Kaʻohuhaʻaheoinākuahiwiʻekolu [The Proud Mist in the Three Mountains])

Some celebrated places of Kekaha in Kona, Hawaiʻi.

KA WAI O KAHINIHINIʻULA [THE WATER OF KAHINIHINIʻULA]

This was a bathing spot for the chiefs in ancient times. This water was delightful, giving a chill when bathing, like a nip on the skin of a sweetheart.

This water is located on the shore, amidst the ʻaʻā pele [rough lava], and completely surrounded by rock. There on the boundary of the ahupuaʻa of Kaloko and Honokōhau Nui was this famous pool in which the chiefs of times past would bathe.

The story of this water:

In olden times, it was a common thing for the chiefs to live along the shore, namely the chiefs of Kaloko, and also those of Honokōhau. A place called Ahauhale[1] was where the chiefs of Kaloko lived, and the chiefs of Honokōhau lived at a place called Waihalulu.

When the sun was glistening and blazing hot above the ʻaʻā and the sand, that was the time to go and bathe in that chilling pool of Kahinihiniʻula. Upon finishing the bath and returning to the grounds of that pool would the bather say, "What is it about the waters of Kahinihiniʻula? It is chilling to the skin and nips like a lover in one's embrace."

This pool is still there until today at that place of the chiefs who have long since turned to dust, and that water still remains until now.

This pool remains as an unforgettable memorial for those people who have passed away long ago so that the new generation can visit and see the things that they did.

---

1. The modern spelling of this place-name is not certain but will appear in this form hereafter.

PUʻUOKĀLOA
[HILL OF KĀLOA]

This is a small hill between Kealakehe and Keahuolū near the blowhole of Kahikini on the shore.

The story of this little hill:

In ancient times, when the land was dry and parched everywhere, lacking rain, traversed by the sun to the point of drought, there would be no water in the springs.

The kalo cuttings would dry up, as would the slips of ʻuala, and no plant would grow. Sometimes light drizzles of rain could be seen moving directly above that hill.

The resident farmers there, when they saw this sign of rain over this hill called Puʻuokāloa, even though the sun was still moving along, would say, "The land shall finally prosper, for fingers of rain are stepping this way over Puʻuokāloa."

When this sign was seen by the people of old, they would immediately go and scorch the land and, once finished, leave it and search for a place to get ʻuala vines.

They would watch to see the sign of rain again, and if it was seen, then they would prepare to plant, even though the sun still beat down, with no sight of rain.

When the makawela (a patch burned for later cultivation) was sowed with the ʻuala slips, the rain could be seen again atop Puʻuokāloa. It is at that time that the rain could be seen proceeding in a line along the plains, and when others saw the procession of clouds, they would begin to clear the mulch and wait for the rain, whereupon they would plant the ʻuala slips.

For the one who first scorched the land at the outset, his ʻuala slips would have flourished, and he would be cultivating them and hilling them all into mounds.

When the showers fell again, the slips would all rise to the surface, and the naʻaupua[2] would become twisted and severed, that being the branching part. (This is the ʻuala clustered on the vine of the slips that were severed in the hilling of the mound, and this ʻuala would be the first offering of the season.)

---

2. This term is not found in Hawaiian-language dictionaries.

PUU O KALOA

He wahi puu keia aia mawaena o Kealakehe a me Keahuolu, e kokoke ana i ke pu-hi a Kahikini i kahakai.

O ka moolelo o keia wahi puu.

I ká wa kahiko, oiai, ua maloo a papaala ka aina mai o a o aohe ua, ua neeia e ka Lı a pika'o aohe wai o na punawai.

Maloo na huli kalo, kalina uala maloo, aohe mea kanu ulu. Aia i kekahi manawa, e ike ia aku ana he kilibune ua e ko'iawe awe iho ana iluna peno oua wahi puu nei.

Ae o ka poe mahiai i noho a kamaaina, a ike lakou i kela wahi hoailona ua lu iho ana iluna o ua wahi puu nei o Puu o Kaloa, oiai no ka la nee ana. Olelo ae lu lakou, akahi a ola ka aina, ke hehi mai la na manamana o ka ua iluna o Puu o Kaloa.

Ke ike ia keia hoailona e na poe kahiko, o ka hoomaka neia e puhi makawela, a pau waiho, a huli kahi e loaa ai ka lau uala.

Nana aku o ka ike hou ia o ka hoailona ua, a ina e ike hou alaila, makakau e kanu meia pui no o ka la, aohe maopopo o ka ua.

I ke kanu ana a paa ka makawela (mela i puhi ia i ke ahi) i ka lau, alaila ike hou ia ka ua iluna o Puu o Kaloa, a oia ka wa e ike ia ai ka ua e ka'i lalani ana ma ke kula, a ike na poe e ae i keia ka'i hele o ka ua ma ke kula, hoomaka e waele ke pulu a kali aku aku la o ka ua mai alaila kanu aku la ka lau uala.

O ka mea nana ka maka wela mua loa i kinohi, ua kapuapua kana lau, a ke olohio ala, a ke apoapo mai la a pau i ka pue.

Haule hou ke kuana o ka huj noia o ka lau a pau i ka wili a moku mai la ka naaupua, ola ka lala, (oia ka uala e kaka ana i ke ka o ka lau i moku mai i ka pue ana, a oi a uala ke kahukahu mua.)

Hala ae la elua a ekolu malama, hoomaka mai la ka ua mai o a o o ka aina, a o ka mea mua loa nana ka maka-wela i kanu mua ai ua nuuui kana uala, a ke uha'i aia ka uala a kalua i ka imu me ka puaa.

A ike aku la ka mea noho-aihalale a hele aku la malaila e noho ai e ake o ka loaa mai o ka uala, a manao ke ola o ka la pololi.

Oiai e huai ana ka inu uala, a ohi aku mahai o ka imu, a ike i kela ai-halale e noho ana, a uinau mai la i keia uinau; "Ua ka ua i Puu o Kaloa ihea oe?" A ina e pane aku, I Kona nei no au, alaila aole e loaa ka uala iaia, Ina hoi e pane aku, I Kohala au, ai ole i Kau paha, alaila e loaa ana ka uala iaia.

No keia wahi Puu kela olelo kaulana o ka paanaau o ka poina ole a hiki i keia la, "Ua ka ua i Puu o Kaloa--I hea oe?" I Kohala au-loaa ka uala. I Kona nei no au-aole loaa ka uala.

Ua hala kela poe kahiko, ko kakou mau kupuna i ka po, a eia no kela wahi puu ke ku nei no, he kiahoomanao poina ole no na mamo e ola ana i keia la.

He hoailona oiaio loa no kela a ke ike ia nei no ia hoailona, a ke ike ia no i ka wa la keia wahi ua kamahao a kupanaha alaila, he hoike maopopo loa ia o ka ua e hoea mai ana.

Ina he wa papaala ia o ka aina a ike ia keia wahi hoailona ua iluna o keia wahi puu kuanea hoomaopopo ole ia aia he mea ano nui loa ke hoea mai ana.

(Aole i Pau)

After two or three months, the rain would begin to fall all over the land, so that first person who had burned his patch and had planted first would have ʻuala that had grown large, and the ʻuala would be carried off to be baked in the imu [underground oven] with pork.

Gluttons would see this and go to stay there, wanting to get some ʻuala, hoping to end their time of hunger.

As the imu for the ʻuala was uncovered with everyone gathered near the edge of the imu, and the glutton was seen sitting, the question would be asked, "The rain fell atop Puʻuokāloa, where were you?" If the answer was "I was here in Kona," then he would not get any ʻuala. If he were to say "I was in Kohala" or perhaps "Kaʻū," then he would get ʻuala.

For that hill was this famous memorized saying, unforgotten until this day, "The rain fell at Puʻuokāloa— Where were you?" "I was in Kohala"—one would receive ʻuala. "I was here in Kona"—one would get no ʻuala.

Those people of old, our ancestors, have passed over into the night, and here the hill still stands as an unforgettable memorial for the descendants living today.

That is a very real sign and is still being seen. When this strange and remarkable sign of rain is seen during the day, it is a clear indicator of coming rain.

If it is a parched period for the land and this sign is seen atop this desolate hill, you never know, there may be something big coming your way.

(To be continued.)

NĀ HOʻONANEA O KA MANAWA
[PLEASURABLE PASTIMES]

Ke Puhi a Kaleikini
[Kaleikini's Blowhole]

This Blowhole is located at a placed called Hiʻiakanoholae.

The story of this "Blowhole":

In ancient times, when this "Blowhole" would blow, the sea would crash, and the sea spray would rise up into the air, then that spray would cover the land, drying out the plants on the field all the way up to the kaluʻulu [brush line].[3]

When Kaleikini traveled and saw this blowhole with the sea spray rising up, he fetched and laid a grid of kauila tree branches over the hole, sealing it completely shut. It remains shut until this day; the sea spray no longer dries out the vegetation on shore.

Kaleikini was mysterious, and it was said that he also had incredible strength, and was a supernatural being. There are several blowholes that he sealed, and they remain until this day—unforgettable monuments of the outstanding and wondrous feats of this hero of Hawaiʻi's past that this new generation may look to with wonder, regarding these feats as a heroic tale.

Ke Ana ʻo Laʻina
[Laʻina Cave]

This is a cave inland in the ahupuaʻa of Kaloko, and the story of this cave goes as follows. In ancient times, an old woman by the name of Luahineʻeku inhabited the cave, and she would pound the wet kapa cloth, using the bast of māmaki and other such plants.[4]

Along with the old woman lived her favorite grandchild, a girl with a lovely youthful appearance and skin golden like the ʻilima flower. Her name was Laʻina, and from this girl is the name by which the cave is known until today.

---

3. According to Kona elders in 2018, this regional term referred to the brush line where ʻulu trees were once planted and flourished.

4. Māmaki is one of the small native trees, the bast of which was pounded to make kapa cloth.

NA HOONANEA O KA MANAWA

KE PUHI A KALEIKINI

Aia keia Puhi ma kahi i kapaia o Hiiaka-Noho-Lae.

Ka moolelo o keia "Puhi"

I ka wa kahiko ke puhi keia "Puhi," pu-ʻo ke kai a pii iluna o ka lewa a o ke ehu kai oia puhi ana, uhi aku la iluna o ka aina a maloo na mea kanu o uka o ke kula a hiki i kaluulu.

I ka wa o Kaleikini i kaahele ai a ike i keia Puhi e pii ana ke kai iluna oia koaa wa i kii ai e pani i ke kauila olokea ia a pau loa i ke kauila, a oia paa a hiki i keia la, aohe hiki hou i ke ehu kai ke hoomaloo hou ina mea kanu o uka.

He aiwaiwa o Kaleikini, ua olelo ia he ikaika pepalua ko keia kanaka a he ano kupua hoi, a he nui na "Puhi" ana i pani ai, a ke waiho nei ia Puhi a hiki i keia la, he mau kia hoomanao poina ole no na hana aiwaiwa pookela a ku i ka hookala kupua a kela kupueu o na la i hala o Hawaii nei, a keia hanauna hou e nana aku nei me ka paha'oha'o no kela mau hana, me he kaao ala no kekahi kupua.

KE ANA O LA-INA

He ana keia aia iuka o ke Ahupuaa o Kaloko a penei ka moolelo o keia ana. I ka wa kahiko, e noho ana he luahine o Luahineeku kona inoa, a o kana hana he kuku kapa pa'upa'u, mamaki a pela aku.

Aia me keia luahine e noho pu ana kana moopuna punahele he kaikamahike u'i a nohea o kona mau helehelena ua like ka ili me ka pua ilima ka memele, a nona ka inoa o La-ina, a no keia kai kamahine ka inoa i kapaia ai keia ana a hiki i keia la.

I ka noho ana oua moopuna nei me kona kupunawahine, ua a'o ia oia i ke kuku kapa a me na loina a pau oia oihana pookela ai na kupuna o kakou i hala i hoomaopopo ole ia e keia hanauna hou e ulu ae nei, a e hele aku aaa hoi e nalowale loa ia ike pookela a na kupuna i hala e moe lolii nei me ka ike ole ia e kakou i keia la.

Ua pii ae ke kino oua kaikamahine nei i ka nui a hiki ke oleloia, he aina nui palahalaha e oke ai i ka mahi a luhi ke kino a pii pu no hoi me ka u'i, hele a pali ke kua mahina ke alo, aohe puu aohe kee.

"He manu punua ia na ka la i hanau mai,

Na ka ua na i hanai a nui i kananele."

He kakaikaai wale no ka poe i ike iaia, a naia poe i hookaulana aku i ka u'i oua kaikamahine nei, a noia kaulana i ka u'i ua nui na keikikana i hele mai e noi e lilo ua kaikamahine nei i wahine na kekahi o lakou.

Eia nae, ua hoole aku la kela kupunawahine, me ka olelo aku, aohe ona kuleana maia mea, o na makua wale no ke kuleana o ka hanai wale na kana.

Iwaena o keia poe kekahi keiki malihini no Waiapuka i Kohala, o Haka'ina ka inoa, a he aikane kona kumu i hiki ai i Kona nei a ike lihi ia Honoalele a Makanikeoe (oia hoi o La'ina.)

Ia ike ana no, ua make loa oia i ke aloha, aohe hiki ke moe ku po, hiaa, kuko, ka li'a, a pela wale aku, a hooholo iho la oia e hakilo ana oia ma ke ano hoomakakiu, a ina e loaa iaia, e huna kele ia ana eia.

I kekahi la, ua pii aku la o La'ina iuka o kahi o ke kiowai iloko o ke ana, no ka hana ana i ka poaaha a me ka mamaki, e'ike me kana o hana mau ai.

While this grandchild lived with her grandmother, she was taught kapa beating and all the customs of that ancestral artistry of ours which is now gone and unknown by this budding generation. This exceptional knowledge of the ancestors who have passed and now lie at peace has been disappearing and is unknown to us today.

The girl grew and matured to where one could compare her to a land expansive enough to cultivate to the point of exhaustion, and as she grew up, she became beautiful, as straight backed as a cliff and as bright faced as the moon, with no blemish or flaw.

"A fledgling born by the sun,
Raised by the rain in the forest."

Only few had seen her, and it is they who made the beauty of this girl famous, and as a result of this renowned beauty, many suitors came and asked to take her as a wife.

However, the grandmother refused, saying that she had no business with such things, it being up to the parents, her only responsibility being the upbringing.

Among the suitors was a visitor from Wai'āpuka, Kohala, by the name of [Waka'ina] who had come to visit a special friend here in Kona where he caught a glimpse of the love deities Honoalele and Makanikeoe (namely La'ina).

Upon this glance, he immediately was overcome with love and could no longer sleep at night, becoming sleepless, lustful, infatuated, and such. Subsequently, he decided that he would spy on her and, if he could get her, would hide her away.

One day, La'ina climbed up to the pool in the cave to pound out the bast of the po'a'aha and māmaki as usual.

In this cave was a pool, nearly fifty gallons' worth if it were to be completely drawn up, and at the entrance to this pool, two large and long stones laid together like kapa anvils upon which to pound the kapa strip (this would be the bast of the po'a'aha and the māmaki soaked as wet as a strip of fresh banana sheath, called a "ha-na").[5]

As La'ina was climbing, unaware that she was being spied on, and as she entered the cave, she lit the wick of a kukui [candlenut] lamp and proceeded inside until reaching the entrance of the pool where those rocks lay. Then she saw another light burning at the entrance of the cave coming in and was under the impression that it was kama'āina [locals] coming in for water, as she assumed that no others knew of that pool except she and her grandmother.

She doused her lamp and hid in a depression under the rocks on which she would always beat her kapa strips.

Waka'ina entered and reached the area where the rocks were, the place that he had previously seen the flicker of the lamp, and stood calling,

"La'ina! La'ina!! La'ina!!! Where are you? Why do you hide from me, La'ina?

"I am Waka'ina of the 'Āpa'apa'a wind of Kohala. I have fastened my love upon you, La'ina. I hunger for your love, La'ina; I thirst for your love, La'ina. It is the cause of my sleepless nights, I am filled with love for you, and here I am following your footsteps, pursuing you that you may become mine forever."

Aia iloko o keia ana, he kiowai, aneane 50 galoni ka nui o ka wai ke ukuhi ia, a ma ka puka e komo aku ai iloko o keia kiowai e moe like ana ke elua mau pohaku nunui a loloa, kohu au kua kawa'u, a maluna olaila e pai-i a i ka hana (oia ka roaaha a me ka mamaki i hoopulu ia a pulu elike me ka huki pumaia, a u kapaia, he "ha-ua")

Oiai o La'ina e pii ala me kona haupu mua ole ae, eia ke hakilo ia nei oia e kekahi mea, a ia ia i komo ai iloko o ke ana, ua ho-a ae la oia i ke kali kukui a komo aku la a hiki ma ka puka e komo loa aku ai iloko o ke kiowai kahi hoi o kela mau pohaku e waiho ala, ua ike aku la oia i kekahi kukui e a mai ana ma ka puka o ke ana, e komo mai ana a manao iho la ua kaikamahine nei, he poe kamaaina kela, e komo mai ana i wai, oiai, ua manao no oia, aohe poe i ike i kela kiowai, oia wale no a me kona kupunawahine.

Ua hoopio iho la oia i kona kukui, a pee iho la iloko o kekahi lua malalo o na pohaku ana e pe-i a mau ai i ka hana.

Ua komo maila o Waka'ina a hiki makahi o na pohaku e moe ana kahi ana i ike mai ai ka u o ke kukui, a ku iho la me ke kahea ana.

E La'ina! E La'ina e!! E La'ina hoi e!!! Aia oe mahea Heaha kou mea i pee ai ia'u e La'ina hoi?

Owau keia o Waka'ina o ka makani apaapaa o Kohala, ua mai au i ke aloha ia oe, e La'ina, ua pololi au i ke aloha ia oe e La'ina, ua makewai au i ke aloha ia oe e La'ina. O kuu po hiaa moe ole ia ua piha au i ke aloha ia oe, a eia au mahope o kou mau kapuai wawae i imi mai la ia oe e lilo oe na'u a mau loa.

---

5.   "Ha-na" or "ha-ua" is unclear in the original and is a term for the wetted bast.

Aole he pane i loheia, a ua piha loa ua keiki nei i ka ukiuki, a hooholo iho la oia e huli ia ana eia na poopoo a pau oloko o kela aoa a hiki i ka loaa ana oua kaikamahine nei.

He oiaio, ua huli ia na wahi a pau a hiki i ika loaa ana o La'ina, a ua hooko aku la ta keiki nei i kona makemake maluna o La'ina a ne kona lili loa o lilo aku o La'ina i kekahi mea okoa, ua pepehi ia iho la o La'ina a make, a huna ia iho la malalo o na pohaku aua kaikamahine nei i pa-i-a mau ai i ka hana.

Ua ku ae la na keiki nei a hei pololei no kona wahi no Waiapuka, Kohala.

(Aole i Pau)

No reply was heard, and the boy was completely filled with anger and determined that each nook of the cave's interior would be searched until the girl was found.

Sure enough, each place was searched until La'ina was found, and the boy fulfilled his desire for La'ina, and on account of his extreme jealousy, lest La'ina be lost to another, La'ina was killed and hidden beneath the rocks upon which she would always beat her strips of kapa.

The boy got up and made his way directly back to his place, Wai'āpuka, Kohala.

(To be continued.)

NĀ HOʻONANEA O KA MANAWA
[PLEASURABLE PASTIMES]

———

When Laʻina died, her spirit came back to speak with her brother at the shore, his name being Wāwahiwaʻa, and she revealed that she was dead in the cave where she would always beat kapa, murdered by Wakaʻina who had then returned to Kohala.

Wāwahiwaʻa got up and told his wife, Wailoa, that his sister had been killed, and she was shocked.

Then Wāwahiwaʻa left and made his way up above the kaluʻulu [brush line] where the parents were living. Now he was standing at the doorway of the house, and the parents were surprised at the son's early morning arrival.

The son asked, "What news do you have?" to which the parents replied, "We have no news."

Then he began to relay what the spirit of the sister had told him and the place she was killed. When the parents heard, the mother, Keanapōʻai, let out a terrified, quivering shriek.

Wāwahiwaʻa left the parents and arrived at his grandmother's place, namely Luahineʻeku, and asked about Laʻina.

The grandmother replied, "Yesterday she went, and here you are now, but she did not return. I thought she went to your parents' place."

"That is why I came up, the spirit of my sister returned to me and told me that she was dead, killed by Wakaʻina, and that her body lay in the cave where she would always beat kapa. And that is why I came up, to know the truth of the revelation of my ghostly sister."[6]

6.   "Kuu pokii Kaku" may refer to kākūʻai, a deified spirit.

I ka lohe ana o ke kupunawahine ua uwe ku-o ae la oia no ka moopuna, a ua pii aku la o Wawahiwaa a hoea i ke ana a komo aku la a loaa ke kino o ke kaikuahine a haawe ma ke kua a hoihoi aku la i ka hale o na makua e kumakena ana no ka make ana o ka laua kaikamahine punahele i minamina nui ia.

E waiho kakou ia La'ina a me ka ohana e kumakena ana, a e na na ae kakou ia Wawahiwaa e alualu ana mahope o Wakaina e hoi ala no Kohala-nui, Kohala-iki, Kohala-makani-apaapaa.

He mea maa ina keiki oia au, he a'o ia i ka ha'iha'i, ka lua, ka mokomoko, a me ke kukini, a oia mau mea a pau, ua a'o ia ia Wawahiwaa a ua 'awa ka ike noia mau ohana, a noia ike o keia keiki, ua hoohulu oia e alualu a loaa o Wakaina, a pepehi a make i moe pau no kona kaikuahine e waiho ala mahope.

Inia i haalele aku ai i ka ohana e kumakena ana, ua hoea aku la o'a i kahakai o Kiholo a ninau, ina ua ike lakou i kekahi keiki opiopio i iho mailaila, a ua ha'i ia mai la ua hele loa aku ia kakahiaka a aia paha oia ke pii ala i ke pili o Paiea.

Huli ae la no keia a hele, a hoe i Kalahuipuaa, a ninau no, a ha'i ia mai la, aoe kala wale i hala ai.

Pela koinei hele ana a hiki i Kehena a he elemakule e mahiai uala ana ninau aku la keia, a ha'i mai la ua elemakule nei, o ka hala koke ana aku noia aele i kowa loa aku a loaa aku ia oe i ka ihona aku e kiei aku i na hono o na Kohala e kahili ia mai la e ke apaapa.

Hookuu ae la ka laua kamailio a kuu pau aku la keia i kona mama aole i u iao ike ana keia i ua keiki nei e hele ana mamua, a o koinei wa noia i kuu aku ai i kona mama kukini a pau a pili ana mahope oua keiki nei a ia huli ana mai no keia

When the grandmother heard this, she wailed for her grandchild, and Wāwahiwa'a went up to the cave, entered, and found the body of the sister, carrying her on his back and returning her to the house of the parents who were grieving the death of the mourned favorite daughter.

Let us leave La'ina and the grieving family, and let's observe Wāwahiwa'a as he followed behind Waka'ina who was returning to Kohala Nui, Kohala Iki, Kohala Makani 'Āpa'apa'a.

It was a common thing for the boys of that time to be educated in the art of bone breaking, hand-to-hand combat, boxing, and running, and all these things were taught to Wāwahiwa'a, and he was adequately skilled in those arts. On account of this boy's knowledge, he decided to pursue and catch Waka'ina and beat him to death so that he might be a death companion for his sister who had been left behind.

When he left the grieving family, he arrived at the shores of Kīholo and asked if they had seen a young man go down there, being told that he had long gone in the morning and would perhaps now be making his way up through the pili grass of Pai'ea.

He turned and left, continuing on to Kalahuipua'a, where he inquired and was told that [Waka'ina] had passed through not long before.

Thus, he left and reached Kehena, where he came across an elderly man farming 'uala, and when he asked, the old man told him, "He just left, not far and you will find him on the slope that peers down toward the bays of Kohala, swept by the 'Āpa'apa'a wind."

They finished their conversation, he hastened on, and in no time, he saw the boy traveling up ahead. At that point, he ran top speed and got right behind this boy, who turned to face this . . .

raging person behind him, whereupon he was caught by the iron fists of Wāwahiwaʻa, tackled down, and beaten to death.

Before Wakaʻina's death, Wāwahiwaʻa declared,

"You now die by my hand to become a death companion for my beloved sister whom you have killed, with no remorse for the ridiculous jealousy not even befitting the lowest, most despised outcast, probably never thinking that your life would avenge that of my beloved sister whose precious life you took."

Wakaʻina was killed, bent over, and set on the side of the road as if he were sitting and seemingly still alive.

At the cover of night, Wāwahiwaʻa returned and arrived at the house where his family were mourning the sister.

He revealed that he chased and captured Wakaʻina and that he was killed and left on the side of the road in Ihuanu which peers toward the bays of Kohala Makani ʻĀpaʻapaʻa [Kohala of the ʻĀpaʻapaʻa wind].

When his family heard, they uttered, "That is what he gets for what he did, and he deserved to die."

Since Laʻina died in this cave, that is why the cave is called Laʻina until this day, and the cave is situated in the ahupuaʻa of Kaloko near the government road that leads here.

The pool still remains in that cave, the water of which has a chilliness like ice water on the teeth when drunk, and it is a testament to the beauty whose name was Laʻina.

mea halulu mahope ua loaa aku la oia ina limabao o Wawahiwaa, a kupee ia iho la a paa u pepehi ia iho la a make.

A mamua o ka make ana o Wakainu, ua pane iho la o Wawahiwaa.

E make anā oe ia'u i moepuu no kuu kaikuahine au i pepehi ai me ka hilahila ole o ka manao lili koho ole o ke kauwa makawela haahaa loa, au paha i manao ai aole loa! e pana'i ia kou ola, no ke ola o kuu kaikuahine aloha au i lawe ai i kona ola makamae.

Ua pepehi ia iho la o Wakaina a make, a pelu iaiho la a hoonoho ia iho la ma kapa alanui e okuu ai me he alu no e noho ana no a e ola ana no paha.

I ka uhi ana mai o ka po; ua huli hoi mai la keia a hoea i ka hale, kahi a ka ohana e kumakena ana no ke kaikuahine.

Hoike aku la keia, ua aluslu oia a loaa o Wakaina, a ua pepehi ia eia a make a waihoia ma kepa o ke alanui, aia la i Ihuanu e kiei alu la i na honu o na Kohala makani apaapaa.

I ka lohe ana e ka ohana, hoopuka ae la lakou i ka huaolelo, ''a, oia ka uku o kana hana, akola make oia.''

A no ka make ana o La'ina maloko o keia ana, oia ka mee i kapa ia ai o ke ana o La'ina a hiki i keia la, a aia no keia ana ke waiho nei i ke Ahupuaa o Kaloko, e kokoke ala i ke alanui aupuni e hele ia nei.

Aia no kela kiowai ke waiho nei, maloko o kela ana, he hu'ihu'i kohu wai hau ka iniki, i ka niho ke inu aku he hoike no ka u'i nona keia inoa o La'ina.

KA PUNAWAI O WAWALOLI

Aia keia wahi punawai i kahakai o Na Ooma ame na Kalaoa, a e waiho nei, he punawai uuku no keia e waiho nei a hoea i keia la, aneane e pili aku i kaha one a makai he wahi kiowai e auau ae. a he moolelo ko keia punawai i paanaau i na kupuna kahiko o keia mau kaiaulu.

O Wawaloli, he inoa ia no kekahi loli kino papalua. he loli, a he kanaka.[1]

Aia iuka o ke kula ilima, e noho ana kekahi kanaka o Kaluaolapa ame kana wahine o Kamakaoiki a me ka laua kaikamahine u'i a nohea o kona mau helehelena nona ka inoa o Malumaluiki.

I kekahi la ua olelo aku la ua kaikamahine nei i ka makuahine, a e iho ana oia i kahakai i ka oli limu, opihi ame ona pupu a ua ae aku la no hoi kona mama, a o ka iho aku la noia oua kaikamahine nei. a hoea i kahakai, a no ka ono i ka wai, ua kipa ae la oia ma kahi o ua wahi punawai nei e inu wai a iaia e inu ana ike ana oia i ka ale o ka wai a maau ana ke aku malana oianei, a i huli ana ne nana, e ku maiana keia keiki kanaka u'i me ka minoaka mahiehie ma kona mau papalina, me ka pane ana mai.

(Aole i pau.)

KA PŪNĀWAI ʻO WAWALOLI[7]
[WAWALOLI SPRING]

This spring is along the shore of the ʻOʻoma and Kalaoa divisions that are still there. There is a little spring there until today, near the sandy shore, and seaward of there is a small pool for bathing, and this spring has a story memorized by the old-timers of these communities.

Wawaloli was the name of a shape-shifting loli [sea cucumber] that had a dual form of a loli and a human.

Above the field of ʻilima shrubs lived a man, Kaluaʻōlapa, his wife Kamakaoiki,[8] and their young, beautiful daughter, Malumaluiki.

One day, this girl told her mother she was going to go to the shore to pick seaweed, limpets, and shellfish. Her mother agreed, and immediately the girl went down and arrived at the shore, and because she was thirsty for water, she stopped by the little spring to drink water. As she drank she saw the rippling of the water, and a shadow came over her. As soon as she turned, this handsome boy was standing with a charming smile, and he said . . .

(To be continued.)

---

7. The modern spelling of this place-name is not certain but will appear in this form hereafter.

8. The modern spelling of this name is not certain but will appear in this form hereafter.

NĀ HOʻONANEA O KA MANAWA [PLEASURABLE PASTIMES]

———

"Pardon me for this surprising meeting at this little spring as the midday sun blazes hot over the pāhoehoe [smooth lava]."

The girl responded to the words of the good-looking boy, "What could be wrong about us meeting, you are a stranger, I am a stranger too, and this is just an encounter of strangers at this spring."

The boy spoke again, filled with desire for the great beauty of this girl. "I am not a stranger to these shores; I am a resident of this area and this is my place. Because I saw you, I've come to meet you."

Upon the meeting of our strangers, reader, their nets began to snare kala, uhu, and palani, the fish common in the area, and this beauty of the Kalaoa lands was snared in the two-finger mesh net of the boy of the sea spray of ʻOʻoma.

Those two all-day fishers fell to the shared task of snaring hīnālea fish, since the hooks they had cast were tangled by the bites of the kāweleʻā fish, and the hooks of those fisher folk entwined at Wailua. So be it.

The cravings for limu, ʻopihi, and pūpū were forgotten, and the far-casting fishing pole was what this beauty was energetically pulling on, becoming drenched in the pleasurable rain of this kalo-pounding blacksmith of a boy from the beloved shores of that place.

When the sun had nearly entered the sea to be taken by Lehua Isle, finally the nets of these all-day fishers were drawn in.

Before this girl went back up, he asked her name, and she told him.

NA HOONANEA O KA MANAWA

——

E kala mai oe ia'u no keia halawai kamahau ana o kaua ma keia wahi punawai i keia awakea e hulili nei ka wela ennena o ka la iluna o ka pahoehoe.

Pane aku la no hoi ua kaikamahine nei i na huaolelo o ka u'i. Heaha auanei hoi ka hewa o ko kaua hui ana, he malihini no hoi oe, a he malihini no hoi au, a he huikau malihini ana no hoi keia no kaua ma keia wahi punawai.

Pane hou mai la ua keiki nei me ka piha loa i ka makemake no ka u'i maoli o keia kaikamahine. Aole au he malihini no keia mau kapakai, he kamaaina loa au no ke'a wahi a o ko'u wahi no keia a no ko'u ike ana mainei ia oe oia au i hele mai la e hui me oe.

Ma keia hui ana oua mau malihini nei a kakou e ka mea heluhelu i hoomaka ai ka laua mau upena e hoowili i kala, ka uhu a me ka palani ka i'a au o ka aina, a hei aku la ua u'i nei o na Kalaoa i ka upena nae malua a ke keiki o ke ehu kai o Ooma.

Haule iho la ua mau ... nei o ka la l'a a i o kahi hana o ka lawaia hoolualua Hinalea, oiai ua lou aku la na makau a ... la hauhili ka ai a kawele-a, a huikau o i makau a ka lawaia i Wailua la e oia.

O kela ono limu, opihi a ... e ka pupu, ua poina loa ae ia ia, a o ke kamakoi maomao e hooikiwikiwi ai oia ka ua u'i nei e awala kaiehu ala, hele a pulu i ka ua maikle o luna oua keiki ku'i aina ku'i, amara nei oua aekai aloha nei o ka aina.

Hele a kokoke e komo ka la i ka ilikai e lawe ai o Lehua, akahi no a ka-i na upena ana mau lawaia nei o ka la loa.

Mamua o ka pii ana oua kaikamahine nei, ua ninau mai la ua keiki nei i ka inoa, a ha'i aku la no hoi oia i kona inoa.

O ko'u inoa au i kapa mai ai ea, o Wawa, a o ko'u inoa au e he le ai a noho iloko o keia wahi punawai la ea, o Loli.

A penei oe e kahea ai:

"E loli nui kikewekewe
I ka hana ana kikewekewe
I kuu piko kikewekewe
A ka makua kikewekewe
I hana ai kikewekewe
E pii mai oe kikewekewe
Ka kaua puni kikewekewe"
Puni kauoha kikewekewe

E loli e, eia ko puni, ko kauoha, ko makemake ia Malumaluiki, ua nele a papale i na maka.

Pau no keia mau kuka ana ua pii aku la ua u'i nei, hele no hoi a pupuhi kukui ua poele kahale, hoea ana ua eu nei.

Ninau mai la na makua, auhea ka hoi kau limu, ka opihi a me kahi pupu.

Pane aku la ua kaikamahine ne'. O ka i mai auanei ka olua a he pono ua hele o kai a piha i na kanaka, a ua pau mua no i ka poe mua a nele au oi hele aku a aohe loaa o ka huna limu kahi alinalina a pela aku.

O ko'u pii mai la noia a hoea mai la, a oiai ua makaukau na meaai, a haule iho la e ai, a oiai e ai ana aole i liuliu iho ka ai ana, ua oki koke ae la no ua u'i nei, ua wela o Mo-ne ia palala.

O ke oki koke ae la no ka ia, ae aohe no o'u Pololi, o ka maopaopa wale no o na wawae, a hoi aku la ua u'i nei a hiamoe.

Aole, he moe maoli, aka, he wela no ka houp', aia ke hoonaku ala ka li'a, ke kuko, ka makahiaa, ka moeole o ka po.

I ka wehewehe ana no o kaiao, ua ala ae la ua u'i nei a iho hou aku la no i kahakai,

[He said,] "The name I am called is Wawa, but the name I go by when I stay in this spring, is Loli.

"This is how you would call me:

"O great loli, thrusting back and forth,[9]
Working away, thrusting back and forth,
At the core of me, thrusting back and forth,
Which the parents, thrusting back and forth,
Have made, thrusting back and forth,
Arise, thrusting back and forth,
Favorite of ours, thrusting back and forth,
Customary delight,[10] thrusting back and forth.

"O Loli, here is your pleasure, your legacy, your desire for Malumaluiki, overwhelming to behold."

The discussion ended, and the beautiful girl made her way back inland. Kukui [candlenut] lamps were burning, for darkness had fallen when this lively one arrived at the house.

The parents asked, "Where is your limu, the 'opihi, and pūpū?"

The girl answered, "You might have something to say about that, and rightfully so, but the shore was packed with people, and all the fish was already taken by the firstcomers, and I am without. I continued to fish but there was not one speck of limu, 'opihi, or anything.

"So, I came all the way back up here." Since dinner was ready, she began to eat, but she had not been eating long when the beautiful girl stopped, because her passion flared for her young squire.[11]

She stopped suddenly. "Ah, I am not hungry, my feet are just tired," and the beautiful girl went off to sleep.

It was not truly sleep, but passion filled her heart, while longing, lust, wakefulness, and sleeplessness troubled her night.

At the break of day, the beautiful girl arose and went back down to the shore.

---

9. The term "kikewekewe" is not found in Hawaiian-language dictionaries but is interpreted here to mean "thrusting back and forth."

10. The term "puni kauoha" can have several meanings. It is interpreted here as puni, meaning a "favored pleasure," and kauoha, "decreed."

11. "Ua wela o Mo-ne ia palala"—this line, difficult to decipher, is interpreted here as mō-nē, "continual emotion," being heated up by palala, the young man enjoyed earlier. In the context of the story, her yearning apparently kills her appetite.

When she arrived at the spring, she went into the water and called just as noted above, and immediately a loli appeared and became a handsome human boy. They both fell into snaring kala, uhu, and palani, such fish as were common in the area.

In this manner would these lovers meet all the time, with the beautiful girl of the shores of 'O'oma going there.

Now the parents were suspicious of their daughter's activities, constantly going down to the shore, and the parents decided to spy.

One day, the father went down and arrived at the shore, and he saw his daughter go and sit by the spring and begin to call,

"O great loli, thrusting back and forth,
Working away, thrusting back and forth,
At the core of me, thrusting back and forth,
Fine core, thrusting back and forth,
Which the parents, thrusting back and forth,
Have made, thrusting back and forth,
Arise, thrusting back and forth,
Favorite of ours, thrusting back and forth,
Ancestral delight, thrusting back and forth."

(To be continued.)

I ka hoea ana no i kahi punawai, ua iho aku la no iloko o ka wai, a kahea aku la elike meia maluna aenei, a o ka wa noia i oili mai ai o kekahi loli a lilo ae la, he keiki kanaka u'i a haule iho la laua nei i ka hoowili i kala, ka uhu a me ka palani i ka i'a ku o ka aina.

Pela mau ua mau ipo nei e hui mau ai i na wa apau, a ua hele na u'i nei o na kapakai o Ooma.

I keia manawa eia na makua ke hoohuoi, nei no keia hana a ke kaikamahine e iho mau nei i kahakai, a hooholo iho la na makua ie hoomakakiu.

I kekahi la, ua iho aku la ka makuakane a hoea i kahakai, a ke ike ala no oia i ke kaikamahine i ka heie ana a noho ma kahi o ka punawai, a hoomaka aku la e kahea.

"E loli nui kikewekewe
I ka hana ana kikewekewe
I kuu piko kikewekewe
Piko maikai kikewekewe
A ka makua kikewekewe
I hana ai kikewekewe
E pii mai oe kikewekewe
Ka kaua puni kikewekewe
Puni ka... kikewekewe

(A ...)

NA HOONANEA O KA MANAWA.

E loli e, eia ko puai ka hanoha, ko makemake ia Malumaluiki, ua hele a papale i na maka.

Ike aku la ka makuakane i kekahi loli i ka oili ana mailoko mai o kekahi puka, maluna ae o ka punawai a loli ae la he kino kanaka maoli.

Ke nana aku la ka makuakane i ke kaikamahine e kaawili ana me keia keiki ano kino papalua me ko laua ike ole mai eia he kiu ke nana aku la i ka laua hana walea hooulu kino.

Ua hoi aku la ka makuakane a hoike i ka makuahine a i ka lohe ana o ka wahine i ka hana a ke kaikamahine, ua nui ino kona . . . . me k . . . hu, no . . . . . a ke kaika . . . hine lokoino.

Ua hoike aku la ke . . . e no ke ano o ke kane a ke kaikamahine e hoomau nei, a lohe ka makuahine, ua olelo aku la oia i ke kane e iho hou oia a e hopu i kela loli a pepehi a make, a ua ae aku la noho o Kaluaolapa.

I kekahi la, ua iho hou aku la o Kaluaolapa a pee iho la me ka ike ole mai oua mau ipo nei, a ua paanaau maoli iaia kela mau leo kahea a ke kaikamahine.

I ka pii ana o ke kaikamahine, ua hele aku la keia e nana pono i ka punawai a ike aku la oia he puka poepoe maluna ae o ka wai o ka punawai, a maopopo iaia malaila e pii mai ai ua loli nei.

Ua moe iho la keia ia po, a ao, i ka wa e ao loa ae ai ua hele aku la keia i ka punawai, a me kana upena holoholo a iho aku la iloko o ka wai, a me ka upena holoholo la hoomaka aku la e kahea, elike me na olelo mamua ae nei.

NĀ HOʻONANEA O KA MANAWA
[PLEASURABLE PASTIMES]

———

"O Loli, here is your pleasure, your legacy, your desire for Malumaluiki, overwhelming to behold."

The father saw a loli appear from within a hole above the spring and transform into a human.

The father watched as his daughter and this shape-shifting boy were snuggling, the two of them having no idea that a spy was watching their carnal pleasure.

The father returned and revealed this to the mother and when the wife heard the activities of the daughter, she was greatly shocked and angered at what her heartless daughter had done.

The husband relayed the nature of what the boy and the daughter kept going down there for, and when the mother heard, she told her husband to go down again to capture the loli and kill him. Kaluaʻōlapa agreed.

The next day, Kaluaʻōlapa went down again and hid without the two lovers knowing, and he memorized the calling chant of the daughter.

When the daughter went back inland, he went to take a good look at the spring and he saw a round hole above the water of the spring, and he knew that's where this loli came up from.

He slept through the night, and when it was fully light the next morning, he went to the spring with his holoholo scoop net, went into the water; then, with the holoholo net in hand, he began to call out like the words shown above.

When his call was finished, this loli appeared, emerged from the hole and slipped into the holoholo net, and the loli was caught, at which point Kaluaʻōlapa twisted the net shut and went back inland above the flats. As he made his way up, he saw his daughter going down, and so he hid until his daughter passed by him.

When the daughter reached the spring, she called just as she always did.

She continued to call until the sun was high above, but the loli did not appear. Because the loli did not emerge, nor did his human form, she saw nothing. So, she thought perhaps this lover of hers was dead and proceeded to cry aloud with grief out of love for him. It was late in the evening by the time the beautiful girl got up and made her way back home above the plain.

Let us turn and consider the father. When he came up and reached the house with this loli, he showed his wife. When the wife saw it, she told the husband to take it and show the priest Papaʻapoʻo[12] living in the plains of Hoʻohila.

He arrived before this priest and presented everything, even the loli in the holoholo net.

When Papaʻapoʻo saw and heard everything, he ordered that an imu [underground oven] be made in which to roast this great thrusting loli.

"Only when that loli dies will your daughter and the daughters of all these families be saved."

The imu was lit and this supernatural loli was baked. When the daughter returned, reaching the house,

---

12. The modern spelling of this name is not certain but will appear in this form hereafter.

maka a upehupehu, u ninau aku
la ka makuahine. Heaha keia
upehupehu o na maka e kuu kai-
kamahine? Aohe pane mai o ka
kaikamahine, kulou iho la ilalo me
ka pane ole mai.

Hoi mai la ka makuakane a ike
i ke kaikamahine e kulou ana, a
pane aku la: O ko kane au e iho
mau nei kahakai e hooipo mau
nei olua ea, ua pau i ke kahuna ia
Papaapuo, a aia lu ke kalua ia
nai la i ka imu i ola oe, a
ola na kaikamahine apau e hoo
ipo ana me kela loli.

Eia no keia punawai ke waiho
nei i kahakai, a aia no kela wahi
puka poepoe ma ka aoao o kela
punawai a hiki i keia la, he mea
hoomanao no na hana oia au i
hala, a he mea hoi e poina ole ai
i na mamo o keia la a mau
aku.

KA LAE O KEAHOLE

Aohe no he ano nui o keia lae o
Keahole, a eia nae, ua kaulana
keia lae no ka ikaika o ka wiliau
ke hiki mai i ka wa e kahe ai ke
au (ko ke au.)

Ina e, mo-ku mai ke au, ua
like me ka waikahe, a o na auwaa
lawaia hi aku, a h'-hi, e ka ia aku
uloi e ke au, a ale e pono ke
polo wale e pia m u ka hoe i
ka lima a e hoe me ka hoomaha
ole i ka wa apau, aia no ka hoo-
maha i ho'i, a wehe ka pe'a, a
na ka Eka ka hana a me ka me
ihia ka h pe o ka wa (ka mea hoo-
kele waa.)

Aia mamua o keia lae ma ka
aoao maloko he ale hohonu a
na ia wahi e kahe mai ai ka
wiliau me ka ikaika a pii maluna
o ua pohaku nei a kahe aku la
me he waikahe ala no kekahi mu-
liwai a loaa aku la na ko'a hi-aku,
hi-ahi, kahala, opakapaka a pela
wale aku.

---

her eyes had become puffy, and the mother asked, "Why
the puffy eyes, my dear daughter?" The daughter had no
answer and bowed her head down with no reply.

The father returned, saw the daughter bowing her
head, and said, "The man you always went down to the
shore to make love to has been caught by the priest,
Papaʻapoʻo, and is being baked in the imu that you may
be spared along with all the other girls making love to
that loli."

That spring still remains on the shore, and the
round hole is on the side of that spring until this day, a
memorial for the events of the past, and as something
to ensure that the children of today and for all time will
never forget.

KA LAE ʻO KEĀHOLE
[KEĀHOLE POINT]

This Keāhole Point is not very large; however, this
point is famous for the force of the current when the tide
comes in (the current flows).

If the current breaks loose, it's like a flood, and the
aku and ʻahi fishing canoe fleets would be hit by the cur-
rent, and one should not simply sit, but should always
have the paddle gripped in hand, paddling without
pause at all times, resting only upon return when the
sail is opened. Then the work is done by the ʻEka wind
and the one who attends to the back of the canoe (the
steersman).

In front of this point, on the inner side of the deep
billows is where the current flows with force, climbing
up over this rock and flowing back out like a flood from
a river mouth until reaching the fishing grounds for aku,
ʻahi, kāhala, ʻōpakapaka, and other such fish.

Some of the named fishing grounds include Pāoʻo, ʻŌpae, Kahakai, Kahakina, Kahawai, Kapāpū, Kanāhāhā, Kaluahine, Kanukuhale, Kahoʻowaha, Honu, Muliwai peering towards the edge of Hāʻena in Kohala, and Kaihuakala[13] in Nāhonoapiʻilani [the Bays of Piʻilani] on Maui.

Here on the soil, the sea billows up over the land, where the mountains are clearly visible, cloaked by mist that sweeps across the ridges like a white kapa cloth draped upon the clear peaks.

(To be continued.)

O kekahi oia mau koʻa lawaia, o Paoo, o Opae, o Kahakai, o Kahakina, o Kahawai, o Kapapu, o Kanaha-he, o Kaluahine, o Kanukuhale, o Kahoowaha, o Honu, o Muliwai kiei i ka lepo o Haena i Kohala a me Kaihu-a-kala i na Hono a-Piilaui i Maui.

Aia keia i ka lepo, hele a ale ke kai maluna o ka aina ahuwale na kuahiwi i uhola ia me ka ohu tokolo i na koaluno, me the kuina kapa keokeo ala ke kau mai iluna o na puu la'eia'e.

(Aole i pau.)

---

13. The modern spelling of this place-name is not certain.

NA HOONANEA O KA MANAWA

KA LAE O KEAHOLE

He nui aku ua ko'a i koe, aia maloko mai o kela mau ko'a a'u i hoike ae la, a ua kakau aku la au ma na ko'a nui a kaulana e he mau ko'a lawaia hohonu a e moe ana ma ka laina pololei mai ka Lae o Keahole a kiei i ka Lae o Upolu a me ka Heiau o Mokini ma Kohala

O kela pohaku e ku ala mamua iho o ka Lae o Keahole, ua kapaia kona inoa o Keahole, a no keia pohaku, ka inoa i kapaia'i kela lae a hiki i keia la.

I na manawa e holoholo mau ana na moku kuua, a ke hele a hiki ma keia wahi, a ina e mo-ku (kahe ke au) ana ke au, alaila, e hou ana kela moku i ke au a ko ia aku la i hope me ka hiki ole ke holo i Kailua.

Ina e pohu aole makani, e po-kakan hele ana kela moku a mau moku pe'a no elua, ekolu a eha la e lana hele ai ma keia wahi, aia no ka puka ma-o aku o ka Lae o Keahole a loaa mai i ka makani Hoolua a me ke kaumuku.

O na poe kamaaina holo lako'u a pili i ka lae, a ku'u ka heleuma a ku malaila a hapalua o ka po, ai ole, e kokoke aku ana e hora 2 o ka wanao, alaila, huki na pe'a a pau, alaila buki ka beleuma, a ia wa, e pa iho ana kehau mauka iho o ka aina, oiai o ka manawa ikai-ka ia o ke kehau a no ka ikaika o ke kehau e nou aku ana i na pe'a o ka moku ua nee aku la ka moku a puka mamua aku o ka lae a me ua pohaku nei me ka hoopilipili loko ana, a kaa mawaho ae o na Ooma, Kohanaiki, Kaloko, Na Honokohau, a hala ka lae o Kaiwi, o ke kiei noia i ke awa o Kailua, a pau ka pilikia.

Oia mau no kela mo-ku o ke au o keia lae Keahole a hiki no i keia la a'u e kakau nei.

NĀ HO'ONANEA O KA MANAWA [PLEASURABLE PASTIMES]

KA LAE 'O KEĀHOLE
[KEĀHOLE POINT]

There are many other fishing grounds remaining among those fishing grounds I revealed previously, and I wrote about the large and famous fishing grounds and several deep fishing grounds lying in a straight line from Keāhole Point and peering towards the point of 'Upolu and the Mo'okini temple in Kohala.

That rock standing in front of Keāhole Point was called by the name Keāhole, and from this rock, that point got the name that it is called up until this day.

When the schooner ships were always sailing, if one were to sail up to this area and the current was surging (the current was flowing), then that ship would be pushed by the current and drawn backwards, unable to sail to Kailua.

If it were still, with no wind, that schooner and other sailing ships would sail for two, three, or four days, drifting around at this place, passing through onto the other side of Keāhole Point only when catching the Ho'olua wind and the sea squalls.

As for the kama'āina [locals], they would sail near the point, and let down their anchor there, and moor there for half of the night or until two o'clock in the morning. Then they would raise all the sails and pull the anchor, at which point the Kēhau wind would blow down from inland, since it is the time that the Kēhau wind blows strongly. With the Kēhau wind pressing the sails of the vessel, it would move and pass in front of the point and this rock, staying close inside until passing just outside of the 'O'oma districts, Kohanaiki, Kaloko, and the Honokōhau districts, until passing Kaiwi Point to where one could see Kailua Bay. Then the difficulty was over.

The breaking of that current at Keāhole Point continues on until this day as I write.

Today, a blinking beacon, like flashes of lightning, has been erected by the parent government, the United States of America, blazing without anyone guarding it, able to shine for six months.

That work of genius is incomparable. It is amazing and wonderful how man's wisdom seeks those things in the depths, revealing that which was hidden by the creator of all things.

KAʻELEHULUHULU

This is a hill of pāhoehoe [smooth lava rock] with no particular characteristics, yet it is well known around Hawaiʻi, all the way to the islands beyond Hawaiʻi.

There is a sea entrance for the canoe to reach beyond the fishing grounds, and that is also how one would return from the ocean.

If the canoe were to sail and it was low tide at the time by that entrance, then the person would jump off, drag the canoe and drop it on the seaside at a deeper spot of the ocean, and then he would board the canoe and sail out to fish. In a similar fashion, if it were low tide upon his return, he would drag the canoe and drop it on the inland side, where he would board the canoe again and return to land in the harbor where the canoe was kept at Mahaiʻula.

Because the canoe would continuously be dragged and the bottom of the hull would become furred, the area was called Kaʻelehuluhulu, and that is what that place is called until today, but it may not be long before that name is gone from this world.

The elders who have passed on are the ones who have done these outstanding and unforgettable deeds— chiefs, commoners, and great fishermen of those ancient days. They have all become specks of dust, and Kaʻelehuluhulu still remains to play with the . . .

A i keia la ua kukulu ia he ipu-kukui imoimo me he olapa ana ala no ka uwila e ke aupuni makua o Amerika Huipuia e a ana me ka mea ele nana e kiai, he mau ma-hina eono e a ai.

Lua ole ka hana a ka naauao, a kamahao a kupaianaha ka imi ana a ka noeau o ke kanaka i na mea i kahi hohonu loa a hoike mai i na mea i hunaia e ka mea nana i hana na mea a pau.

KAELEHULUHULU

He wahi puu pahoehoe keia aohe ano, eia nae he kaulana a puni o Hawaii nei, a hoea loa aku i na mokupuni mao aku o Hawaii.

Aia he puka kai e lolo ai ka waa a hoea makai o na koa lawa-ia, a pela no ka hoi ana mai mai ka moana mai.

Ina holo aku ka waa a ua kai make ia manawa ua ua puka nei, alaila, lele na kanaka ilalo a kauo aku la i ka waa a haule makai ma kahi hohonu iki o ke kai, a kau hou ae na kanaka iluna o ka waa a holo aku i ka lawaia, a pela no ke hoi mai a ina no na kaimuke e kauo ana no ka waa a haule mau-ka nei a kau hou na kanaka a hoʻi aku a pae i ke awa e kau ai ka waa ma Mahaiula.

A no ke kauo mau o ka waa a huluhulu o lalo o ke kaele o ka waa a kapaia ai, o Kaelehuluhulu, a pela e o nei kela inoa a hiki i keia la, a aole no he wa e pau ai kela inoa a pau keia honua.

O ka poe kahiko i hala mau, o lakou ka poe nana i hana keia ba na pookela a poina ole, nalii a me na makaainana, a me na lawa-ia nui oia mau la i kikilo, ua lilo lakou i mau materia hunahuna lepo, a o Kaelehuluhulu, oia mau no ia e paani mau ia ana e na huna kai a me na ani nalu e popo'i iho ana i ka pueone a bohola aku maluna ona wahi puu pahoehoe kaulana nei o Hawaii nui kuauli, ke kilohana o na moku o ka Paredaiso o ka Pakipika.

"Ua nani Hawaii Kilohana.
Ua ku Ekolu Kuahiwi,
Hoohihi ka manao e ike i ka nani,
O ke ahi kaulana a ka wahine."

A ma ka paiapala aina o Hawaii nei, ua lilo o Kaelehuluhulu he kikowaena no ka mokupuni o Hawaii, oia hoi, mai ka lae o Ka Lae ma Kau a hiki i ka lae o Upolu ma Kohala, na ana iu he 100 mile ka loa, a mai ka lae o Kumukahi ma Puna a hiki i Kaelehuluhulu ma Kona Akau, he 83 mile ka laula.

Ua pau loa na kamaaina o keia kaha i ka hala mao, a koe wale no o John Kaelemakule e noho nei ma Kailua a me ka peni nana e kakau nei keia mau Hoonanea o ka manawa, a o laua wale no na keiki kupa e ola nei keia la i ke 72 a oi makahiki, i piha me na uiona kamahao o keia ola ana.

sea spray and the angling waves breaking on the sandbar, spreading upon that famous pāhoehoe hill of Hawai'i Nui Kuauli [Great Dark-Backed Hawai'i], the best island in the Paradise of the Pacific.

"Hawai'i, the Finest, is beautiful,
Three mountains stand,
The mind is enchanted by the beauty,
Of the famous fires of the woman."

On the map of Hawai'i, Ka'elehuluhulu became a center point for the island of Hawai'i, namely, from Kalae Point in Ka'ū until 'Upolu Point in Kohala, measured to be one hundred miles long, and from Kumukahi Point in Puna to Ka'elehuluhulu in North Kona, the expanse being eighty-three miles.

All of the kama'āina [locals] of this shore have passed on, and only John Ka'elemakule remains, living in Kailua, along with the one whose pen writes this Pleasurable Pastime. They are the only natives living today, being seventy-two or more years old, full of the amazing features of this life.

NĀ HOʻONANEA O KA MANAWA [PLEASURABLE PASTIMES]

Ke Ahu a Kamaihi
[The Cairn of Kamaihi]

This is a stone cairn built by a man whose name was Kamaihi.

He built this large cairn and it stands in the plains of Hoʻohila until this day.

The man built this cairn as a place for him to rest when he went down to the shore, or when he would come up to that spot from the shore, he would rest there.

The story of this man is as follows:

Inland of Makaʻula, and at the place called Kapaneʻe, there was the house he lived in with his family, and the work of this man was farming kalo, ʻuala, maiʻa [banana], and kō [sugarcane].

He had a large house with two doors to enter, one door being at the flat end of the house, and at the front was another with covered areas.

This was a house thatched with pili grass, the style of the houses of olden times, and it was in beautiful condition.

This man would wake up in the early morning and go up to farm, returning home only when the sun set. His wife was accustomed to her husband's ways and she would actually go up and get him in the garden, and then he would return. If there was just a yell for him to come back, he would get very angry, particularly if called by a visitor at the house.

He would not return at just a call, only when he was actually fetched in the garden would he return, and his wife and family were accustomed to him, so it became a firm rule for him until his death.

This was a large-bodied man, about seven feet or more, a strong man and fast in his comings and goings.

This was a stingy man; others would not just get things from him, and only if his wife were to offer, then they would get them.

NA HOONANEA O KA MANAWA

KA AHU A KAMAIHI

He ahu pohaku keia i kukulu ia e kekahi kanaka nona ka inoa o Kamaihi.

Kukulu oia i keia ahu pohaku nui aia i ke kula o Hoohila e ku nei a hiki i keia la.

Ua kukulu keia kanaka i keia Ahu pohaku i wahi nona e hoomaha ai ke iho i kahakai, a ke pii mai mai kanakai mai a hiki ilaila hoomaha.

Penei ka moolelo o keia kanaka:

Aia iuka o Makaula, a ma kahi i kapaia o Kapanee, aia malaila kona hale e noho ai me kona ohana, a o ka hana a keia kanaka o ka mahiai kalo, uala, maia a me ke ko.

He hale nui kona a he elua puka e komo ai ma ke kalu kekahi puka, a mamua o ke alo kekahi puka, me na lanai.

He hale pili keia, o ke ano no hoi o na hale o ke au kahiko, a he uʻi no nae ke nana aku i i kona sulana.

E ala ana keia kanaka i ka wanaao a pii i ka mahiai, a aia no ka hoi i ka hale a napoo ka la, a ua maa loa kana wahine i na hana a kana kane, a he kii maoli aku iaia i waena alaila oia hoi mai oia, a ina he kuhea aku iaia e hoi mai, he buhu loa oia ke kahea ia, ina ua puka ia mai e ka malihini ma ka hale.

Aole oia e hoi mai ana ina me ke kahea wale aku iaia, aia no a kii maoli aku iaia i waena mahiai, alaila hoi mai oia, a ua maa loa kana wahine a me kona ohana iaia, a ua lilo ia he rula paa nona a hiki i kona make ana.

He kanaka kino nui a lawa kona kino a o kona kiekie aia ma kahi o aneane ehiku (7) kapuai a oi, a he kanaka ikaika a mama no hoi ma ka hele ana a hoʻi ana mai.

He kanaka "pi" keia; aole e loaa wale mai kana mau mea i kekahi, a aia na kana wahine e haawi alaila loaa mai la.

Ina oe e hele aku ma kona mau waena e ike aku ana oe ua hele ka maia a pala-ku iluna, ke ko, ua hele a moe a ala mai, ke kalo, ua hele a i'o makaole, a pela ka uala poho iwaena, aole nae e olelo mai ana ia oe e ai maia, ai ko, a pela wale aku.

Ke iho oia i kahakai, kahumu oia a hoopiha elua mau umeke pohue nunui aneane ma kahi o ka ekolu haneri pauna ke kaumaha, hana a piha pau na umeke a elua, a koko ae la na koko aha puluniu mawaho, a komo ka mamaka a iho aku la a hoea i ke kula, i kahi o kela ahu pohaku ana i kukulu ai i ke kula, a hoomaha, a nana aku la o ka hoi mai o ka auwaa hi-aku, a ke ike i ka hoi mai o ka waa, alaila iho aku la.

I ka waa no a pae ku ana keia mauka, a kuu ka mamaka o na umeke poi.

Ninau na lawai'a: Ehia i'a (aku) o ka umeke? Pane mai la ua ka-naka nei, ina alii ke aku, alaila, he kanaha i'a, a ina ka-ha-ha ke aku, alaila he kanakolu i'a.

Ina ae na lawai'a, alaila, hao ia ae la ka ai apau, a o ke aku, hoo-komo iho la iloko o na umeke a piha, a pii aku la a hiki i ua ahu pohaku nei a hoomaha iho la, a maha a ku ae la a pii a hoea i ka hale

A ina aole e lilo ua mau umeke ai nei, auamo hou no a hoi aku no uka, a moe no a ao, alaila, iho hou no, a aia no ka pau o ka iho ana a pau kela ai oloko o na umeke i ka lilo, alaila, hoomaha i ka hale he mau la, a pii i ka mahiai, aia no ka hoi a napoo ka la, a pela mau keia kanaka, a me he ala o kona rula ia a o kona ano iho la no pahaia i hanau ia mai ai.

Ua ike maka ka mea e kakau nei i keia kanaka ia Kamaihi, i ko'u wa aneane e umi makahiki, a o kona makahiki ia wa a'u i ike ai iaia ma ka'u koho aia paha ma kahi o 70, ai ole 80 paha, oiai, ua elemakule oia ia wa, a o kona moo-lelo a me kana mau hana ua paa naau ia i ka mea e kakau nei i keia mau hoopanea o ka manawa a na tausani heluhelu o ka Hoku e hoo—

If you were to go into his gardens you would see that the mai'a had become overripe where they hung, the stalks of kō have fallen over and risen back up, the kalo corms were over matured, and so was the 'uala, rotting in the fields, but he would never tell you to eat some mai'a, eat kō, and so on.

When he would go down to the shore, he would bake enough [kalo] to fill two large gourd containers weighing nearly three hundred pounds, filling the two containers. Tying a coconut sennit net on the outside, he would then insert the carrying stick and go down to the field to the cairn he had built on the plain where he would rest and watch for the return of the aku fishing canoe fleet. When he saw the return of the canoes, then he would go on down.

As soon as the canoe landed, he would be standing ashore and would let down the carrying stick of the poi containers.

The fishermen ask: "How many aku fish for a container?" This man would answer, "If the aku is of royal quality, then forty fish, but if the aku is amazing, then thirty fish."

If the fishermen agreed, then all the poi would be taken, and the aku would be put into the containers, filling them; he would then climb up to that cairn, take a break until fully rested, and then would get up and go all the way back to the house.

If the poi containers were not taken, he would carry them back up inland, sleep until morning, and then go back down. Only when the poi inside the containers was taken would he stop going down. Then he would rest at the house for a few days before going up to farm all day, not coming back until the sun had set. That is how this man always did, which might have been his rule or perhaps the life into which he was born.

This writer actually saw this man, Kamaihi, when I was about ten years old, and his age then, by my estimation, was probably around seventy or eighty, since he was an old man at that time. His story and his activities were held in the memory of the one writing this . . .

pleasurable pastime so that the thousands of readers of the *Hoku* may enjoy the lifestyle of the people at that time.

That man passed away long ago, and his works, along with the cairn that he constructed, still exist until this day as a memorial for the amazing works of this now-deceased man, lest his deeds be forgotten.

MANINIʻŌWALI

There is a stone on the shore side sand dune between Awakeʻe and Kūkiʻo 2. This is a rock form, and its shape is of a woman: a head, a nose, a mouth, and breasts with a large body lying in the sand until today. It is completely covered by the sand, and only when there are rough seas is the sand washed out and taken away by the sea, leaving behind the rock body of this stone named Maniniʻōwali.

The story of this stone is as follows:

In the olden times, some families lived along these lands and children were born.

One family gave birth to a son and called him Uluweuweu, a handsome boy, and Kūkiʻo is where he, the parents, and the family lived.

The same was true for another family, to which was born a fine-looking girl called Maniniʻōwali, and the families decided that these children should be engaged and that when they grew bigger, they would be "married."[14]

(To be continued.)

---

14. The word "hoao" probably appears in quotes in the original because the modern meaning of "wedding" does not align with the traditional ceremonial pairing.

NA HOONANEA O KA MANAWA

MANINIOWALI

I ka nui ana oua mau keiki nei a kokoke e mo'a na pulehu a faue, ua hoomakaukau ia ibo la na pono e pili ana i kekahi ahasina nui ma ke ano palula.

Mamua o ka hiki ana mai i ka la o ka "hoao" ana, ua ma'i loa ibo la ke keiki kane ao ke kane hoi i hooholo ia ai ua Maniniowali, oia hoi o Uluweuweu, a noia mai ana, ua hoopanee ia ka "hoao" ana oua man ipo lei-nanu nei a kekahi manawa aku.

E nana aku kakou ia Uluweu- weu a me kana mau hooheno ana. I ka hoopanee ia ana o kela hana "hoao", ua ola loa ae la ua keiki nei a ua ike ia aku la hoi oia e hele ana i ka lelekawa a me ka heenalu a no keia ola aua o ka ma'i oua keiki eu nei o na Kuki'o, ua hoomakaukau hou ia ibo la ka 'hoao" no ka lua o ka manawa, a oiai e hoomakaukau ia ana na mea apau, ua ma'i hou iho la no ua keiki eu nei a kokoke loa e maka aku.

No keia ma'i ano kupaiauaha o Uluweuweu, ua kii ia he kahuna nona ka inoa o Kikaua, a ua hele mai la oia a nana i ka ma'i oua keiki nei, a i ka wa i komo aku ai o ke kahuna iloko o ka hale, ua ala mua ae la o Uluweuweu a noho iluna a pane mai i na poe apau e noho aku ana.

Heaha ka oukou i hele mai nei maanei, oiai aole o'u mai?

Pane aku la ka makuahine, Ka? no ko makou ike hoi i kou ma'i hele a kupilikii oia ke kumu i kii ia aku la o ke kahuna, a ku ana no hoi o Kikaua.

Aole hoi ha he ma'i o ke keiki, eia la he popolc-ku-mau, he awe- awe iki a eho, he loulou manama- na lims, pu'o i ka lau o ka niu i mohala i ka lau o ka na'ena'e, he moesipo, he kaaweawe a lima iki.

Ma keia olelo a ke kahuna, ua hamau na mea apau me ka hiki ole ke pane, no keia mau clelo a ka kahuna e pahapaha nei.

NĀ HOʻONANEA O KA MANAWA [PLEASURABLE PASTIMES]

MANINIʻŌWALI

When these children matured, "almost fully cooked," all the provisions for a great feast in their honor were prepared.

Before the coming of the "wedding" day, the boy chosen as husband for Maniniʻōwali, namely Uluweu- weu, became ill, and on account of his illness, the wed- ding of those special sweethearts was postponed to a later time.

Let us consider Uluweuweu and his affections. When the wedding proceedings had been postponed, the boy completely recovered and he was seen going cliff jumping and surfing, and because this lively boy of Kūkiʻo had recovered, the wedding was prepared again for the second time. However, while all was being pre- pared, this lively boy fell ill again, and nearly died.

On account of this strange illness of Uluweuweu, a priest by the name of Kīkaua[15] was summoned, and he came and examined the illness of this boy. Upon the priest's entrance into the house, Uluweuweu awoke, sat up, and said to everyone seated,

"Why did you all come, seeing as how I am not sick?"

The mother answered, "Huh? We saw your sickness get significantly worse, and that is why the priest was summoned." At that point, Kīkaua stood.

"The boy has no real sickness, but something as common as a native pokeberry, a little tendril of spirit force, a crooking of the finger, like the bending of a mature coconut frond or the leaf of the daisy, a dream of a lover, the grasp of a tiny hand."[16]

At these words of the priest, everyone was silent, unable to respond to this diagnosis he expounded.

---

15. The modern spelling of this name is not certain but will appear in this form hereafter.

16. These are all references to emotional conditions—i.e., infatuation.

"You have all heard of the condition of the boy, the sickness is a British ailment, love in the essence of the core, the cord of makali'i is entwined, a chief, a loved one, hiding within, noted by the Lanipōlua rain, overcome by the biting cold pangs, a biting pain is the illness that stabs the back, rising to the eyes to cause a sleepless night, wakefulness, wakeful along with the lover until Honoalele and Makanikeoe arrive.[17]

"Here it is, when this flower passes, flower of the 'ōhai, recounted by the plover of Lanikāula, this being a beauty up above, a sprout, a budding leaf placed at the highest reaches, and that is the spider that caught the boy in the web, and trapped him in the small mesh net of the bird catcher, overcoming the Kākīkepa mist, smoke is the impetus that will snare the bird prey of Puawali'i—so be it."

When Kīkaua ended this speech, the family and the entire crowd that filled the place pondered, asking each other about the words that the priest revealed among them.

"Who is this that the priest is referring to?" they asked themselves, and so forth.

My dear pleasant pastime friend, this Laniumaa'ōhai flower that the priest was revealing was the most precious royal daughter of Po'opo'omino and Ka'eleawa'a, the ruling chiefs of the ahupua'a district, and her name was Kahawaliwali.[18]

This was a beautiful chiefly girl by the name that we have seen, Kahawaliwali, and without it being known, these youths had been constantly meeting, and those deeds of these youths were revealed by the priest until the hidden no'a gaming piece,[19] namely that which was done out of sight, was made obvious.

Everyone heard, and in this assembly were some family members of the youth named Manini'ōwali, she being the one betrothed to Uluweuweu, and closely related family to Moana, the father of Manini'ōwali and Kauihā,[20] the mother.

Some of the family related to Manini'ōwali left . . .

---

17. Honoalele and Makanikeoe were known to be deities of love.

18. "Kahawaliwali" and "Kahāwaliwali" are both possible spellings, but with no source to indicate a preferred form, it has been left unmarked.

19. A "no'a" is a small stone or piece of wood used in a game of the same name, in which it would be hidden under bundles of kapa for players to guess its location.

20. The modern spelling of this name is not certain.

Ua lohe aku la oukou i keia kulana o ke keiki, he ma'i pelekane ka ma'i he aloha i ka iwi-pili i ka iwihilo, hilo e ke aho a makalii, he alii, he miliwili, ua pee maloko, haina mai la e ka ua lanipolua, po i ke anu a ka 'nahunahu, he nahu kuc ka ma'i ke hou ala i ke kua, ke pii ala i na maka o moeole ka po, hia-a, ala pu no me ka ipo leimanu a hoea wale maila no o Honoalele a Makanikeoe.

Eia la, ke maalo keia pua, pua ohai, haina e ke kolea a Lanikaula, he u'i keia oia il oa, he mu'o, he liko kau i ka wekiu, a oia ka nananana i hei ai ke kanaka i ka punawelewele a pau i ka upena nu'e maiva a ka lawai'a manu, ke nai ala i ka ohu kakikepa, he awahi ke kapeka e hei ai ka i'a manu o Punwahi-a-oia- la.

I ka hooki ana o Kikaua i keia mau kakaleo ana, ua nune ae la ka ohana a me ke anaina a pau e piha ana, a ui aku a ui mai lakou no keia mau olelo a ke kahuna i hoike iho la iwaena o lakou.

Owai la keia mea a ke kahuna e hoikeike nei? i ninau iho a lakou ia lakou, a pela wale aku.

E kuu hoa hoonanea o ka manawa, o keia pua Laniuma-a-ohai a ke kahuna e hoikeike nei, oia no ke kaikamahine alii Nenehiwa a Poopoomino ame Kaeleawaa, Nalii ai ahupuaa, a nona ka inoa o Kahawaliwali.

He kaikamahine alii u'i keia nona ka inoa a kaua i ike ae la o Kahawaliwali, a me ka ike ole ia ka hui mau nei ua mau u'i nei, a na kela mau hana malu a ua mau ipo nei i husi ia ae la e ke kahuna a ahuwale ka no'a hona i hana ia ai me ka ike ole ia.

I ka lohe anu o na mea apau, a oiai, aia ma keia anaina kekahi o na ohana o kela u'i nona ka inoa o Maniniowali, a o ka mea hoi i hoopalau ia na Uluweuweu, a he a ohana pili loa hoi ia Moana ka makuakane o Maniniowali ame Kauiha ka makuahine.

Ua hoi aku la kekahi oua ohana

pili ala o Maniniowali a hoike ina
mea a pau a ke kahuna i hoikeike
maiai.

Aole ka he ma'i maoli ko ke
kane a ke kaikamahine nei. A hea
ba la? He ma'i pelekane ka, he
aloha wahine.

Aloha ia wai? I ninau mai ai ka
makuahine. Aloha ia Kahawali-
wali, ke kaikamahine alii o Kaelen-
waa a me Poopoomino a oia kela
ma'i a kakou e kuhihewa nei he
ma'i io, eia ka he aloha wahine, a
ua manaoio kakou he ma'i maoli
la, eia ka he hooma'ima'i i mea e
''hoao'' ole ai me ke kaikamahine
nei me Maniniowali.

I ka wa i lohe ai ka makuahine,
ua ninau pono mai la oia, a i ka
lohe ana ina mea apau, ua pii
koke ne la no ia a hoea ana imua o
na makua oua keiki, nei, a hoike
aku la i kona manao, e hoopau
loa ana i kela hoopalau o ua mau
u'i nei o ke-a makauliuli o Keksha
kaweka.

Aohe no e hiki ina makua ke
kua mai, ua ae mai la no laua a ua
hoopau ia ae la ka aelike i hana
ia ai.

I ka lohe ana o ke kaikamahine
oia o Maniniowali ua pau kela
aelike, ua ma'i oia a kokoke loa e
make, a ua kii ia o Kikaua.

I ka hiki ana mai o ke kahuna,
a ike, ua pane mai la oia.

(Aole i Pau.)

and conveyed all that the priest had revealed.

"The fiancé of this girl was not truly sick. And what
the heck? Turns out it is a British sickness, love of a
woman."

"Love for whom?" the mother asked. "Love for
Kahawaliwali, the royal daughter of Ka'eleawa'a and
Po'opo'omino, and that is the malady we have mistak-
enly thought was a true sickness but is in fact love of a
woman. We believed it was an actual sickness, but in fact
he feigned illness in order to avoid 'marrying' this girl,
Manini'ōwali."

When the mother heard, she asked about it, and
when she had heard all, she immediately went up and
arrived before the boy and revealed her intention to
completely end the betrothal of these youths of the dark
rocky face of Kekahakaweka.[21]

The parents were unable to object, so they con-
sented, and the agreement that had been made was
ended.

When the girl, Manini'ōwali, heard that the agree-
ment had ended, she became sick and nearly died, and
Kīkaua was fetched.

When the priest arrived, and saw, he answered.

(To be continued.)

---

21.   The modern spelling of this place-name is not certain.

NĀ HOʻONANEA O KA MANAWA [PLEASURABLE PASTIMES]

Maniniʻōwali

"What? I was guessing that it was an actual sickness, but in fact it is a 'Naeʻoaikū,' the eyes being shielded against the lowering sun."

The priest turned and said to the parents:

"Pay attention. There are two options I will lay before the two of you. The first is that you insist that the children be married immediately, without further delay.

"Second: Strike it as a complete loss. Where do you both stand?"

The mother answered, "My thought is to strike it as a complete loss."

"You must," said the priest, and immediately they proceeded to strike both of the sweethearts as a loss.

At this point, it is said that this priest prayed to his gods, to Pele and [Kamohaliʻi], and what was seen was that these girls and the boy that they had romanced died simultaneously.

Uluweuweu became a stone that stands in the sea until this day, and this rock is rather extraordinary. Where it stands on the ground, the bottom stays fixed, while the top moves about without coming loose, since at the place that the rock body connects there is a nick, and it is affixed like a door hinge.

When the sea rises and the waves break on the rock, it moves, but does not dislodge, and it remains there until this day.

O Kahawaliwali hoi, he pohaku loihi ia e ku ana iluna, aia paha ma kahi o 30 kapuai kona loihi a kiekie a o ku ana he puka malalo, a e holo ana ke kai a puka aku ma kekahi aoao a ke ku nei keia pohaku iloko o ke kai, a ua oleloia o kela mau kia e ku ala o kona mau uha ia e ku ana a holo ke kai mawaena a puka ma kela aoao a oia ku ana no a hiki i keia ia.

O Maniniowali hoi, ua naauauwa oia a holo a moe i ka ae one a lilo i pohaku a oia kino pohaku ke moe nei iloko o ke one ahiki i keia la, a aia a kaikoo alaila lawe ia aku la ke one e ke kai a waiho wale ke kino pohaku o Maniniowali.

A pau ke po'i ana a ke kai, a hoi mai ka malie, alaila, ho'iho'i hou mai la ke kai i ke one a piha hou kela wahi i ke one a like no me mamua, a he ano kamahao no ke noonoo ae no kela hana a ke kai, oia hoi:

Kaikoo, lawe ia ke one apau.

Kaimake a malie, ho'iho'i hou ia

No ke one a piha, elike me mamua.

Kupaianaha no ka hana a ke kai ma keia wahi au e kuu hoa heluheiu e noonoo iho ai no ka hana a ke kai ma keia kaiaulu.

O kekahi mea kamahao no ma keia wahi, oia no ke ka'i o ka manini ma keia wahi, he moe kaawili ka nee ana a ka manini elike me ke kaula, ua owili a like me kekahi i'a nui o ka moana, a e kuhehewa ia aku ana he mano, a aia ua a kokoke loa mai ia oe e ike koke ana no oe he kaawili manini, owili a pa a a nee hele maloko o kela kaikuono, mai kekahi aoao a kekahi aoao. Aole ua o ke manini nunui, aka, o ka manini-alii kakalaolua, e hele aku ana e nunui a lilo i manini nunui.

Kahawaliwali is a long rock that stands upright, perhaps around thirty feet in length and height, and situated below is a hole, where the water flows and comes out on the other side. This rock stands in the sea and it is said that those pillars standing there are her thighs, and the sea flows in between and comes out on the other side. It still stands until this day.

As for Manini'ōwali, she was utterly grieved and went to lie on the sandy shore. She became a rock, and it is that rock form lying in the sand until this day. Only when there is high surf, then the sand is taken away by the sea, and the rock form of Manini'ōwali is exposed.

When the crashing of the sea ceases and the calm returns, then the sea returns the sand and that area is filled again with sand as before. It is rather amazing to think about the work of the sea, namely:

In high surf, all the sand is taken,

At low and calm tide, the sand is returned and full like before.

The work of the sea is truly amazing at this place where you, my dear reader, should ponder regarding what the sea does in this vicinity.

Another amazing thing about this place is the running of the manini in this area, their movements twisting like a cord, winding together like a single large fish of the deep ocean, and it would probably be mistaken for a shark.

Only when they draw near to you will you see it is a school of manini, wound tightly and swimming through the bay from one side to the other. [These] are not, however, the fully grown manini, but are the half sized manini[22] that will mature and become fully grown.

---

22. In the original, "manini-alii Kakalaulua" describes the smaller form of the fish.

When the fish runs occur along the shore, the twisting schools of manini are seen, and on the mornings of [days named] Lono and Mauli, these extraordinary and amazing phenomena are seen, and it is said that it is the fish form of Maniniʻōwali through which that place, Maniniʻōwali, gets its name, and that is the reason that the manini make a swirling swarm in this area.

KA WAI A KĀNE
[THE WATER OF KĀNE]

This is freshwater that wells up in the sea near the sandy shore, its flow being strong, the width of the opening from which the water emerges measuring almost three feet, and the water being delicious when you drink it. This water is in Kaʻūpūlehu, and still remains until this day.

The story of this water goes as follows:

There was a time long ago when Kumukeakalani reigned as chiefess for the ahupuaʻa of Kaʻūpūlehu and the districts of Kūkiʻo and Maniniʻōwali.

During the time the chiefess reigned with her attendants and her people, there was a very large population.[23]

A season of drought arrived, and the ʻuala and kalo gardens that the people and land managers cultivated was what sustained the people and the chiefess during the time the drought swept through.

It progressed until the ʻuala and kalo gardens were consumed, everything was consumed, and the people went to get wild foods, like hāpuʻu ferns, maʻu ferns, pala ferns, wild piʻa yams, and hoi yams.

The sun bore down powerfully, and the people continued to eat those foods until they were gone, not knowing when the sun would relent, for it continued on.

The people ate noni fruit with dried fish and continued to do so until their eyes were sunken in hunger.

O na ku makai e ike ia ai keia kaawili o ka manini, a me na kakahiaka o Lono ame Mauli, e ike ia'i keia mau haawina kamahao a kupaianaha, a ua olelo ia oia ke kino i'a o Mininiowali ma o kela inoa ona i kapaiai o Maniniowali, a oia ke kumu o ka manini i moe kaawili ai ma keia wahi.

KA WAI A KANE

He wai keia e hua'i ana iloko o ke kai ma kahi o kaha one, he ikaika kona hua'i ana, aneane ekolu kapuai ke akea o ka waha kahi a ka wai e hua'i mai ai, a he ono ka wai ke inu aku oe. Aia keia wai i Kaupulehu, e waiho nei a hiki i keia la.

O ka moolelo o keia wai, penei noia: I kela au i okikilo loa e noho ana o Kumukea-kalani he aliiwahine ai ahupuaa no ke ahupuaa o Kaupulehu ame na okana e na Kuki'o ame Maniniowali.

Oiai e noho ana ke aliiwahine e noho ana me kona poe aialo, na makaninana no hoi ke mau lau ka nui o na kanaka.

Hiki mai la ke gau wi o ka aina, a o na moo uala ame na kibapai kalo a na kauaka ame na konohiki i mahi ai oia ke ola o na kauaka ame ke aliiwahine iloko oia mau la a ka wi e nee ana.

Hele ia a pau na moo uala, pau na kibapai kalo, apau na mea e pau a kii ka Hapuu, ke Ma'u, ka Pala, ke Pi'a a ue ka Hoi.

Nee mai la ka La. aole i kana mai, oi ai aku ua kanaka i kahi aia pau, aohe he maopopo o ka pau o ka nee ana a ka La, oia mau no.

Ai aku la na kanaka i ka Noni a me ka i'a i kaula'i ia a maloo, oi ai aku a nahonaho na maka i ka pololi.

---

23. The Hawaiian text uses the term "he mau lau ka nui o na kanaka," which literally means "several four hundreds of people."

Oi hiki aku i ka hele a hiki ole no ka nui mai a ka pololi, a waiho malie i kahi moe, a pau ka walaau ana o na kanaka, a hookahi hana o ka okuu a hina iho la a moe.

I ka ike ana o ke aliiwahine i ka nui o ka pilikia o na kanaka, ua olelo aku la oia i kona kahuna alakai nona kainoa o Kapilau, i ka i ana aku penei:

O kó ike hoi, a me ka mana o kau oihana kahuna, e ninau aku oe i ka Akua no ka hoike ana mai i na he ola kekahi no kaua a me ko kaua mau kanaka e waiho mai nei i ka pololi a ka ai.

Ua ae mai la ke kahuna a ua nana iho la o Kapilau maluna o kana papa hana kahuna kilokilo, a pau ka nana ana, ua pane mai la ua kahuna nei.

E Kalani e, ke hoike nei ka papa hulihonua, aohe ola i koe, aia ke ola ia oe a nia a ae mai oe e Kalani alaila ka hoi ola kaua a ola no hoi na makaainana, a ola no hoi ka aina.

Ua ku'ou iho la ke poo o ke alii wahine ilalo e nounoo ana no kana hana hewa i hana ai a me kana mea pono e hana ai i ola na mea apau a me ka aina mai o a o, a i kona ea ana ae ua pane maila oia i ke kahuna.

Heaha la ka'u e ae aku ai a e loaa ai ke ola i na kanaka ka aina mai o a o, oiai, ua noonoo aku la i kahi i hiki mai ai o ka pilikia a aohe maopopo iki.

(Aole i pau)

This went on until they were immobilized by hunger, and one would just lie still in bed. The chatter of the people stopped, and there was nothing to do but to bend, fall over, and lie down.

When the chiefess saw the crisis of the people, she spoke to her lead priest by the name of Kapilau, saying:

"With your knowledge and the power of your priestly profession, ask the deity to show whether there is a solution for us and our people who are starving."

The priest agreed, and Kapilau turned to consider his practice as an oracle, and once his deliberations were done, this priest answered:

"O Chiefess, the field of geomancy shows that there is no other hope left, but that salvation rests with you, Chiefess, and if you agree, then you and I will be spared, the people will survive, and the land will prosper."

The head of the chiefess bowed down in contemplation of any wrongful acts she had committed and the righteous thing that she must do in order to spare everyone and all the land, and when she raised her head, she answered the priest.

"What must I agree to do to obtain life for the people and all the land, since I have contemplated where the problem came from and have no idea?"

(To be continued.)

NĀ HOʻONANEA O KA MANAWA
[PLEASURABLE PASTIMES]

KA WAI A KĀNE
[THE WATER OF KĀNE]

Kapilau answered, "Here it is. Isolate and restrict yourself in repentance for ten days, asking your brother whose head is hidden in the sky, namely Kāneikawaiola, to give you great life, long life, boundless life for the descendants who have come up and become widespread upon the earth, whereupon the taboo will be lifted and life will go freely because of you, Kāne."

Kumukeakalani listened calmly to the counsel of her priest, and she isolated herself for ten days, and when it was finished, the chiefess cleansed herself as directed by her high priest.

When the period of ten days had finished, namely the days in which the chiefess had ritually isolated herself, the next day, a man was seen coming down from the uplands, with no one recognizing him, "Who in the world was this man coming down this way?"

When this man arrived, the chiefess knew that this was her lordly elder brother, Kāneikawaiola, and she jumped to kiss the brother with cries of emotion to him.

Kāne asked, "What is this crisis of the land and the chiefess' people?"

"What else could it be? There is faintness, hunger, and collapse. The people despair and cannot go on. There is a famine from one boundary to the other, from inland to shore, the sun moves and dries up the land, the land is parched everywhere and nothing grows.

"The chiefs and the people are no longer able to be active, no longer able to attend to their tasks, no longer able to work, and can only remain still or lie in their huts."

Pilikia io no wahi a Kane. O
ko'u mea ia i hele mainei e maka'
i ko oukou noho ana, oiai ua ike
mai nei au he pilikia ka noho
ana o lalo nei, a huipu me ka
eeu o ko'u poo a me ka loku o
ka poli o kuu wawae a naia mau
mea i kono mai e hele au e ike
ia oe, a oia au i hiki mai la.

Kauoha aku la o Kane i na
kanaka ka poe hiki ke hele, e pii
i ka wahie, hana a nui. O ka poe
hiki ke hele, o lakou ka poe e pii
ala i ka wahie, he mau lau ka
nui o na kanaka.

I ka hoi ana mai o na kanaka
me ka wahie hele a ku ka paila
o ka wahie, oia ka wa o Kane i
olelo aku ai e hana i ka imu, i
imu nui.

Ua hooko aku la, na kanaka e
like me ke kauoha, a Kane ina
kanaka. I ka enaena ana o ka imu
ua kauoha aku la o Kane e kii
na kanaka i ke akulikuli, a me
ka makaloa, hana a nui, a ua hana
no na kanaka elike me ke kauoha.

Enaena ka imu, kauoha mai la
o Kane e ulu ka imu a o ka ulu
iho la noia o ka imu, a o ka mea
kupaianaha nae, aohe ike ia o ka
ai o keia imu e ulu ia nei.

Pau i ka ulu, a halii ke akuli-
kuii hele a manoanoa ka halii a
o ka wa noia o Kane i moe aku
ai iluna o ka imu a kauoha aku
la e uhi i ka makaloa a me ka
lepo, hana a nalo.

Ua kanu na kanaka i ka lepo a
hiki ole ke uhi aku, oiai ka imu e
pii mau ae ana a kiekie iluna, a
hoopau okoa ke kanu ana o na
kanaka.

Oiai na kanaka e ua ana no
keia kanaka i kalua ia iho la i
ka imu, ua pii mai la o Kane
makai mai a hoolale mai la e
hua'i ka imu, a o ka hua'i aku
la noia ona imu kupaianaha nei.

I ka huai ana ona imu nei, le
ahu mai ana ka ai ua om'a.

Okoa ka noao o ke kalo, ka uala,
ka ulu, ka uhi, ke pi'a ka hapuu,
ke ma'u ame ke ki (la'i.)

"A crisis indeed," said Kāne. "That is my reason for coming here to see your situation, since I knew the living conditions down here have been troublesome, and there were the flinchings of my head and the pain in the insteps of my feet, it being all of these things that prompted me to come and see you, and that is why I am here."

Kāne commanded the people, those who could move, to go up and get firewood in abundance. All who could go would be the ones to go up and get firewood, there being several four hundreds of these people.

When the people returned with the firewood, a huge pile of wood was made, at which point Kāne said to make an imu [underground oven], a huge imu.

The people did as Kāne commanded them. When the imu was burning, Kāne commanded them to gather wild ʻākulikuli succulents and makaloa sedge, and to get plenty, and the people did as commanded.

The imu was blazing, and Kāne commanded, "Spread the hot stones of the imu!" So, it was done. What was puzzling, however, was that there was no sign of the food of this imu for which the stones were being spread.

When the stones were spread, the ʻākulikuli was layered on until it was thick, and that is when Kāne lay upon the imu and commanded that he be covered by the makaloa and dirt until he was completely concealed.

The people layered the dirt until they could do no more because the mound was too high, and they stopped altogether.

While the people were still shouting about this man being roasted in the imu, Kāne came up from the sea-side and urged them, "Uncover the imu!" So, this strange underground oven was immediately uncovered.

When the imu was opened up, there was a heap of roasted food.

Kalo was separated to one side, and so was ʻuala, ʻulu, uhi yams, piʻa yams, hāpuʻu ferns, maʻu ferns, and roots of the kī (ti-leaf root).

There was a large heap of food, and the people sat to eat, and Kapilau was the one who oversaw the apportioning of the food among the people.

When Kāne lay inside the imu, he came out in the ocean, and it is from a cave that he emerged, and that is where that water of Kāne flows until the time of this "Pleasurable Pastime" article. It has been called Kawaiakāne until today, but it is also now known as ʻĀwili by kamaʻāina [locals], because of the mixing of the freshwater and the ocean.

Many generations of this area have long since passed on, but that which they have done remains until today.

It is because of the roasting of Kāne in the imu that the place is called Kaʻūpūlehu Imu Akua [Kaʻūpūlehu of the Godly Oven] until this day and is also known as Kaʻulupūlehu Imu Akua.

(Until the next issue.)

Ku ka paila o ka ai, a noho iho la na kanaka e ai a o Kapilau ka luna nui nana e puunauea ka ai ina kanaka.

I ka wa i moe ai o Kane iloko o ka imu, ua puka aku la oia iloko o ke kai a makahi ana i puka ai ma malaila kahi oua wai nei a kane e hua'i nei a hiki keia ''Hoonanea o ka Manawa,'' a ua kapaia o ka wai a Kane a hiki i keia la, a o ka inoa o na kamaaina e kahea nei i keia manawa o Awili, no ka awili pu me ke kai.

Ua pau kahiko na hanauna he nui o keia kaha i ka hala mao, a o ka lakou mau hana i hana ai eia no ke waiho nei a hiki i keia

No ka kalua ia ana o Kane i ka imu i kapaia ai o Kaupulehu imu Akua a hiki mai i keia la, oia hoi, o Kaulupulehu imu Akua.

(A puka hou aku.)

NA HOONANEA O KA MANAWA

LUAHINE WAI

He kiowai nui keia aia e kokoke ana i Kiholo ame ka Laemano, he wai iauau kaulana no nalii o ke au kahiko, he hu'ihu'i iniki i ka ili, a ua olelo ia aole e puni keia wai ia oe ke au a puni keia kiowai, no ka hu'ihu'i elike me ka wai-hau.

Ua olelo ia aia ma keia kiowai ka puka e komo a' iloko o kekahi luahine, a aia maloko olaila e ahu nei ka iwi o nalii o ke au kahiko, a ua olelo ia o na iwi o Kamehameha kekahi maloko olaila, a o ka oiaio na'e aole hiki ke ike ia ka pololei aia wale no a hoea kekahi mau kino kanaka ola iloko ona "ana" huna nei, alaila, loaa na hoike nana e hooia mai na mea apau no keia luahuna.

O keia kiowai aia ma kahi o ka 5 anana ka hohonu ma kona wahi hohonu loa, a o ke kikowaena no hoi ia o keia kiowai a oia no hoi kahi anuanu loa o ka wai, a ina oe e luu a hala loa ilalo e ike koke aku oe i ke anu o kou kino, a aole e hiki ia oe ke noho loihi loa, e puoho koke ana oe a au aku ma ka-pa.

O ka mea e luu ana iloko o ka wai ma kela wahi hohonu e ike aku ana oe iaia i ka ula o ka ili elike me ka puko'a ka ula.

He iliili o lalo o keia kiowai a he maikai hoi aohe wahi e kuia ai kou wawae i ka pohaku.

He u'i a maikai keia kiowai, a o ka pilikia wale no, aohe kanaka o keia wahi he mehameha me he waoakua kanaka ole ala, a minamina no na wai auau kaulana o nalii aloha i hala kahiko loa mao.

NĀ HOʻONANEA O KA MANAWA [PLEASURABLE PASTIMES]

LUAHINEWAI

This is a pool near Kīholo and Laemanō, a famous bathing pool for the chiefs of old, tingling cold to the skin, and it was said that you could not swim all the way around the pool, it being as cold as ice water.

It is said that at this pool is the entrance into a burial cave, and there within are piled the bones of the chiefs of old. It has been stated that the bones of Kamehameha are also in there. The truth, however, is that it is not possible to know if this is correct unless some living persons were to physically get into this hidden cave, then the report would be obtained to verify all things concerning this burial chamber.

This pool is around five fathoms deep in its deepest area, that being the center of the pool and the area with the coldest water. If you were to dive deep down below you would experience the cold and would not be able to stay long. You would quickly surface and swim to the edge.

As for the person who would dive in the deep area of the water, you would see his skin turn red like red coral.

The floor of this pool is made up of pebbles and it is good that there is no place where your feet would be poked by rocks.

This is a fine and beautiful pool, and the only problem being that the area has no people. It is as lonely as an empty and desolate land, and what a pity it is for the famous bath waters of the beloved chiefs who have long since passed on.

The chiefs and brave warriors are the ones who passed long ago to the far side of the black river of death, but the bathing pool of Luahinewai still remains in all its beauty, played with by the sea spray and the gentle breezes.

The generation of today will end and another generation will pass, but Luahinewai will be the same as it has been since the time of its creation.

Ka Loko ʻo Kīholo
[Kīholo Pond]

This pond was destroyed in the mystical fires of the woman of the pit of Kīlauea, Madam Pele of the mountain castle, Halemaʻumaʻu. It was completely covered in pāhoehoe [smooth lava] in 1857 and remains covered until this day.

There are only some small pools left of that famed fishpond, Kīholo, saved as examples for the new and young generations coming up, so that they'll know it is a very ancient place from long ago. The story about the destruction of this pond by the lava will indicate to them that the solid pāhoehoe covering that area is actually the famous pond, Kīholo, which has been turned into pāhoehoe today and on through the many generations of the future.

O nalii ame na kanaka koa wiwoole kai hala kahiko ma keia aoao o ka muliwai eleele o ka make, a o kiowai auau o Luahine Wai, eia no ke waiho nei me kona nani e paani ia ana e na huna kai a me na aheahe makani e pa mai ana.

E pau ana na hanauna o keia la a e hala ae ana he hanauna hou aka, o Luahine Wai, oia mau noia mai kona hookumu ia ana i kinohi loa.

KA LOKO O KIHOLO

Ua pau keia loko i ke ahi hookalakupua a ka wahine o ka lua o Kilauea, ka Madame Pele o ke kakela mauna o Halema'uma'u, ua uhi ia i ka pahoehoe a paa i ka 1857, a oia paa a hiki i kela la.

He mau wahi loko liilii loa wale no koe o na loko kaulana nei o Kiholo, i hookoe ia i mea hoikeike no na hanauna opic hou e ulu ae ana a lakou e manao iho ai he aina kahiko loa noia mai loa mai, a na ka moolelo o ka pau ana o keia loko i ka Pele e kuhikuhi aku ia lakou o kela pahoehoe pohaku i uhola ia ma kahi o kela wahi oia no ka loko kaulana o Kiholo i lilo i pahoehoe i keia la a mau aku ina hanauna he nui e ola ana ma keia hope aku.

NA HOONANEA O KA MANAWA

KA PUU O MOEMOE

Mamuli o kekahi ulia ua haule kekahi mau aoao o ka Moolelo hoonanea o kela puu kaulana o Moemoe, a no ke obobia ia no o keia mau mea e kakau ia mai nei e ko makou mea "kakau," ai ka loaa pono ana mai la o na mea i haule o kela mau hoonanea ana no keia Makaula a Kahunapele kaulana o ke au kahiko, nolaila, eia makou ke hoolaha hou ku nei i keia moolelo o ka Makaula Moemoe, ae oluolu mai ko makou poe heluhelu e kala mai no keia hoolaha piha pono ana aku i keia wahi o ko "Kaicu Hounanea o ka Manawa" L. H.

O ka moolelo o keia wahi puu oia keia.

O Moemoe he Makaula ia a kauia Pele a he kukini makanipuahiohio mama loa a ua kaulana o Moemoe no ka mama aohe mea uana e hoopapa aku.

No keia Makaula ka puu kupalala kamailio ke ninau ia, oia hoi keia: Palaki o Moemoe, Palaki o Moemoe, auhea o Moemoe? Pane mai la ka palaki o Moemoe Kulakahi—ko—ia'u—wale—ka—la.

Oia hoi ace cala i bala ai o Moemoe, ua awakea a aui ka la ia manawa a peia aku.

I ka hele ana mai o Moemoe a hiki ma keia wahi ahua a hoomaha iho la, a ia wa oia i lohe aku ai i na leo kanikanipihe e ne-i ana i kahakai, a ia huli ana aku ana e naua ike aku la oia i ka piha o na kanaka a me ka wa o na leo a naia mea i konc mai i ua makaula nei e iho aku. Heaha la ka hana a keia poe e kauikanipihe nei o keia awakea.

Iho aku la cia a hoea i kahi o na kanaka e mumulu ana a eia ka he aha konane na ke alii na Ka'ualii a me ke alii wahine oia hoi o Welewele.

NĀ HOʻONANEA O KA MANAWA [PLEASURABLE PASTIMES]

KA PUʻU ʻO MOEMOE [MOEMOE HILL]

Due to a mishap, a few pages of the pleasurable story concerning that famous hill, Moemoe, were omitted, but because of the interest in these things written by our writer, upon the proper acquisition of the missing pleasurable tale about this prophet and renowned Pele priest of olden times, we are republishing this story of the prophet, Moemoe, and please forgive us, dear readers, in regards to this full publication in this section of our "Pleasurable Pastime." Editor.[24]

Here is the story of this hill:

Moemoe was a prophet, a Pele priest, and a whirlwind of a swift runner. Moemoe was famous for his speed, no one could touch him.

For this prophet is the hill which brings up a low rumble of chatter when asking about it, that goes like this: "O ti-daub of Moemoe, O ti-daub of Moemoe, where is Moemoe?" The daub replies, "It seems to me that the day has run long."

This meant that Moemoe had passed not long ago, it being midday or afternoon at that point, and that is how the saying would be used.

When Moemoe reached this hill and rested, he then heard the din of voices rumbling along the shore, and when he turned to look, he saw throngs of people and heard the roaring voices which prompted this prophet to go down. What are these people in an uproar about this midday?

He went down to the place where the people were crowding about, and there was a kōnane[25] match held by the chiefs, Kaʻualiʻi[26] and his chiefess, Welewele.

---

24. The editor's error was in publishing a portion of the story in the previous 20 December 1923 issue. That portion, which appeared in the newspaper, is deleted from this collection, so the following story is the order in which it was intended.

25. Kōnane is a board game similar to checkers.

26. The modern spelling of this place-name is not certain but will appear in this form hereafter.

However, when Moemoe arrived, the one playing kōnane was a man from the uplands of Nāpuʻu by the name Iwahaonou,[27] a man of dual form, that of a shark and that of an actual human.

But these people had no idea about the nature of this man, and they thought that this was an actual human, not one with two forms.

When Moemoe entered, he immediately knew that this man seated there was a supernatural, a devouring shark from this area.

When Moemoe sat, this Iwahaonou quickly engaged him in a patter of conversation.

"Hey, do you know how to play noʻa,[28] or kōnane?"

Moemoe answered: "I have learned those games and have learned to run swiftly, learned to read omens of bad days and calm days, days of trouble and days of well-being, the features of men, women, children, old men, and feeble old women.

"So, it turns out you know that when loose skin comes to cover the eyes, it is old age, to be ʻcarried in a net,ʼ shrunken, sight lost, hearing gone, activity finished. Is that so? Sir, I shall ask your name. What is your name?"

"I shall not tell you my name, until you tell me your name, since it was not your first question to me. The games of noʻa and kōnane are what you chose to ask about,[29] and that is what I shall respond to until you are struck, held by the bonds of the Unulau and the ʻŌlauniu winds which are strong enough to drive Kaʻenaokāneʼs triple canoe, just so you know."

Iwahaonou became rather disturbed, but the throng of voices from the crowd resounded everywhere, supporting Moemoe with their calls to play kōnane.

Iwahaonou knew that the crowd at the festivities was supporting the newcomer, and Iwahaonou responded.

---

27. The modern spelling of this place-name is not certain but will appear in this form hereafter.

28. "Noʻa" refers to a marker-hiding game.

29. "Maha," short for "mahaʻoi," means nosy or intrusive.

I ka wa nae i hoea aku ai o Moemoe o ka mea e konane ana he kanaka mai uka mai o Napuu a nona ka inoa o Iwahaonou a he kanaka ano papalua nae keia he kino mano, a he kino kanaka maoli.

Kia nae aohe ike o keia poe i keia ano o keia kanaka, a ke manao [nei no lakou he kanaka maoli no keia aole he kino papalua.

I ke komo ana aku a Moemoe, ike koke no oia o keia kanaka e noho nei he aiwaiwa, he mano aihumuhumu no keia wahi.

Ia Moemoe i noho iho ai ua koele kamailio koke mai la no ua Iwahaonou nei iaia nei.

Ea, he ike no oe i ka noʻa, ai ole ia i ke konane.

Pane aku la o Moemoe: Ua aʻo no au ia hana a ua aʻo i ke kukini, aʻo i ke kilokilo ouli, i ka la ino a me ka la malie, ka la o ka pilikia a me ka la o ke ola, ka helehelena o ke kanaka, ka wahine ke keiki ka elemakule a me ka luahine kolopupu.

Ike iʻo ka hoi oe, ke hele ala a uhi ka alu o ka maka he haumakaiole ia, ua "ka i koko" a makalii ua pau ka ike pau ka lohe, pau ka hanu. E? Auhea oe e ninau aku ana au i kou inoa, Owai kou inoa?

Aole au e haʻi aku ana ia oe i koʻu inoa, a haʻi mua mai oe i kou inoa iaʻu, oiai, aole ia o kau ninau mua iaʻu, he puu noʻa a me ke konane oia kau i maha mainei a oia kaʻu koele aku la a pa aku la kama i ka muli a ka unulau a ka makani o launia e kuehu mainei i ka pukolu a kaenaokane, lohe aku la oe.

Ua ano uilani ae la ua Iwahaonou nei, a eia nae, ua olowalu mai la ka leo o ke anaina mai o a o, e kokua ana ma ko Moemoe aoao me ka hooho mai o na mea a pau e konane.

Ike o Iwahaonou, ua kokua ke anaina o ka aha-leʻaleʻa i ka malihini, ua pane mai la ua Iwahaonou nei.

E noi aku ana au ia oe e ka ma-
libini inoa ole, e hele mua kaua e
auau kai a hoi mai ea, a ilaila
le'ale'a ana ia ua ma-u, a ilaila
hoi paha kaua e ike ia ai na
papa'i lawai'a a kaua.

Pane aku la o Moemoe. E aho
no o oe ke hele e auau kai, oiai
ua hele ka lepo iluna ou a papa
me he a'a iloko no paha oe o ka
lepo i moe mainei a iho mai la i
kahakai nei e kuehu ai i kauahi i
ka uka maulukua.

Ua piha loa o Iwahaonou i ka
wela no kona olelo ia ana mai i
ka moe lepo, hele a papa ka lepo i
ka ili ke nana aku.

Ku ae la ua Iwahaonou nei
iluna a pane mai la, E kali malie
oe a hoi mau a le'ale'a kaua, a
o hoi mai au a ua hele oe, haia
oe e a'u a loaa oe a pepelu ia
oe e a'u i mea kupalu mano
na'u.

"O ko'u le'ale'a ia," wahi a
Moemoe. O ko kaua hui a olele wa
na ike ame na ikaika o kaua, a
ilaila ce e ike ai ia hoopi'opi'o ka
leina a ka manu aohe lala kau ole,
kau i ka lala maka a kau i ka lala
maloo.

Hala aku la o Iwahaonou, a noho
iho la o Moemoe a me ke 'anaina e
wa ana no na papaolelo a Moemoe
a me Iwahaonou.

(Aole i Pau.)

"I shall request, O nameless stranger, that we first go to swim, and when we return, then the fun can begin, refreshed, and there we shall be seen along with the crabs we've caught."[30]

Moemoe answered, "You should be the one to go swim, because the dirt on you is layered as if you had lain in the dirt and then came down to the shore to dust off the traces of the highlands."

Iwahaonou was filled with anger at being told he had lain in dirt and that the dirt seemed layered on his skin.

Iwahaonou stood up and responded, "Wait patiently, until I come back, and then we shall play. If on my return you have gone, then I will hunt you down and crunch you up as shark bait for me."

"It will be my pleasure," Moemoe responded. "We shall meet and launch our knowledge and strength, and then you shall see the magic, the flight of the bird that perches everywhere, green twig and dry branch alike."

Iwahaonou left, and Moemoe stayed with the crowd, which was roaring about the bantering words of Moemoe and Iwahaonou.

(To be continued.)

---

30. This may be referring to the skills they bring to the game.

NĀ HOʻONANEA O KA MANAWA
[PLEASURABLE PASTIMES]

KA PUʻU ʻO MOEMOE
[MOEMOE HILL]

Moemoe asked the assembly of people: "Are you folks familiar with this man?" Everyone confirmed, "We are acquainted with him, and he lives in the uplands of Nāpuʻu, he comes from there to swim."

Moemoe said, "This is not a real man, he is a man with a shark form. There is a shark's mouth on his back and it is covered by the kapa shawl draped on his back."

This shark is what is eating the people of this area every time that those from the uplands come down here to the coast. When he sees the people going down to the shore, he engages them in conversation, saying,

"Heading down to the shore?" "Yes, going down to swim."

"Sure, the shark has not yet had his breakfast.

"Just so you know, that shark-bodied man that went down doesn't actually swim, he was going to eat the people that went down to gather ʻopihi limpets, paiʻea crabs, ʻaʻama crabs and to dive for wana urchins.

"We will hear the sad news today, for someone will be eaten by the shark.

"The poisonous gourd[31] will spread in these lands if this shark is not killed. So, if you have doubts, in order to end mistaken assumptions, when this man returns, seize and hold him, but be very careful doing so."

There was a rocky rise there looking towards the town of Kīholo, which, in past days, was on this side of the pond of Kīholo. From atop this rise to Kīholo is nearly a mile, and from this hill to Keawaiki is about a half a mile in distance.

---

31. The "lauhue," translated here as "poisonous gourd," is a metaphor for bad things.

Ua hapa ia keia Puu mamuli o kekahi Makaula nana i alakai e hoopakele i na kanaka o kela mau Kaha. Mamuli o ka pau mau o na kanaka me na wahine i ka mano ke iho i kai i ka auau kai, a lawai'a paha, a ua lilo i mea hookaumaha mai ia lakou. Na keia Makaula o Moemoe i ike ke kumu o keia make o na kanaka me na wahine i ka mano. Ua ao aku la oia i na kanaka e hana i kekahi imu nui launa ole mai, a ua kauoha aku la i na kanaka e pii i ka wahie na ka imu, a me kona ao pu aku i na kanaka e akahele loa ka hopu ana i keia "kanaka wahi mano ma ke kua," o moku a na lima o lakou i ka manawa e hopu ai ia ia. O kekahi mea a ka Makaula Moemoe i ao ikaika aku i hoomakaukau i kela imu kalua i keia "Mano kanaka, oia no ka makaala loa i ka manawa e pau ke kalua ia ana o ua "Kanaka mano" nei, aole loa e pa i ke kai kekahi lehu, a apana wahie paha o kahi o ka imu i kalua ia ai ua "Kanaka Mano nei" oiai, i na ke e pa hou i ke kai kekahi lehu, a pauku wahie paha i pau pono ole i ka aia, alaila, o ke ola hou no ia o ua "Kanaka Mano huna nei ma ke kua."

A he mea pono paha ma ke a wahi e kamailio iki hoi kakou i ka hana a ua Mano ai kanaka nei, a he kino kanaka nae ke kino, a ia nae ma kona kua ka wana mano e ai i na kanaka iho i kai i ka lawai o Napuu.

Maenei e kamailio kakou no Iwahaonou, ke kanaha kino mano aiwaiwa o ka uka o Napuu. Aia ma kahi i kapaia o Puaka-hale i Puunahulu, aia malaila ka hale i noho ai ona kanaka mano nei, a malaila no hoi kana mau mala uala, kalo, ke ko a me ka maia, a malaila no ke alanui e iho ai i kahakai.

I ka wa e iho ae ai na poe iho kahakai, a kokoke ma kahi a Iwaonou e mahiai ana kahea maila ua kanaka nei.

Ke iho ae nei oukou? ae, e iho ae ana e auau kai, i pau ka lepo o ka uka iu o Napuu aia kinikini.

Pane mai la ua Iwahaonou nei, ke iho ala oukou aole i ai ka aina kakahiaka o ka mano,

---

This hill was named after the prophet that led the rescue of the people of those areas. The constant deaths of men and women by a shark when going down to the sea to swim or fish brought severe grief for them. It was this prophet, Moemoe, who knew that the cause of the deaths of these men and women was a supernatural shark. He instructed the men to build a huge imu [underground oven] and ordered the men to go upland to get firewood for the imu. He also advised the men to be very careful catching that "man with a shark mouth on his back," lest their hands be severed upon grabbing him. One thing that the Prophet Moemoe adamantly instructed in preparing that imu for the "shark-man" was that they be very watchful that once the "shark-man" was fully baked, no ash or firewood from the imu in which this "shark-man" was cooked was to be touched by the sea; if the sea were to touch any ash or a piece of firewood that was not completely consumed, then the "man with the shark form hidden on his back" would come alive again.

It might be appropriate at this point for us to briefly speak about the acts of this man-eating shark. Though his form was of a man, on his back was the mouth of a shark to devour men who went down to the sea of Nāpuʻu to fish.

Here let us discuss Iwahaonou, that man with a supernatural shark form from the uplands of Nāpuʻu. At the place called Puakahale in Puʻuanahulu was the house in which this shark-man lived, and located there were his gardens of ʻuala, kalo, kō [sugarcane], and maiʻa [banana]. Alongside that place was the road to go down to the shore.

When people would go down to the coast, passing near the area that Iwahaonou would farm, this man would call out to them.

"Are you folks going down?" "Yes, we are going down to bathe to get rid of the dirt of the high uplands of Nāpuʻu's many gullies."

Iwahaonou would respond, "There you are, headed on down, and the shark has not had his breakfast.

"You folks should not carry the kō [sugarcane] stalks called [Maʻi o Huʻi],[32] for that is the strict rule of Huʻi. That kō is the most sacred kō of this land, it is for Huʻi, the man-eating fish of these shores where the sea crashes over the dense basalt rocks [ka pā ʻalā]."[33]

These people didn't heed him and went down, dropping down below the cliffs to the area of Kapaʻalā[34] and visiting a cave called Keanaonāʻalu.

When these people reached the shore, at that point they heard this voice calling them, like this:

"Maʻi o Huʻi is being carried," and these people heard this call. Some people said, "Ugh! We were told by Iwahaonou not to take this type of kō, it is sacred to Huʻi."

All of this kind of kō would be tossed, and bunches of kō were piled up and left at the roadside in the vicinity of that cave called Keanaonāʻalu.

The writer shall further clarify that this man, Iwahaonou, who had spoken with those folks headed for the shore, was this shark, and that name Huʻi was for this same shark.

When the travelers went down to the sea, the shark went into the cave and emerged at that spot, and when the travelers arrived, Iwahaonou gave that call as mentioned above.

As the travelers went down, this shark ran and came out ahead along the shore near the place that the chiefs were playing kōnane, and the dual-formed man had his fun.

There were earlier trips of people going down to the shore where people were killed by the shark without it being known that it was this shark-man that was continuously eating people, and all the people of the area became fear-stricken.

Here, let us return back and move along the direct line of our Pleasurable Pastime.

---

32. Literally, the "genitalia of Huʻi."

33. Appears as two words, "ka paala," but as a place-name, "Kapaala," later. It literally means "hard black stone."

34. The modern spelling of this place-name is not certain.

Oiai ke anaina e wa ana no keia mau olelo a Moemoe, ua hoi mai la ua Iwahaonou nei, a ua pau aku na no hoi kekahi mau wahine i ka ai ia e ua mano nei, a luhe ia aku ia na leo kupinai o ke kumakena.

I ke komo ana mai o Iwahaonou, ua makaukau mua na kanaka i kauoha ia ai e hopu ia Iwahaonou, a i ke kunou ana no a Moemoe oia no ka wa i lele like aku ai e hopu a hoomaka ae la ua Iwahaonou nei e kulapa a oia no ka wa i lele hou mai ai na kanaka e kokua i na poe e paa ala i ua kanaka nei a kupee ia iho la a paa na lima a me na wawae a waiho malie kana hana a ka lapuwale nui.

I ka wehe ia ae ka hana o ke kihei pa'upa'u, aia hoi e hamama ae ana ka waha o ka mano a o na maka no hoi e au ana io a io, ua hehe a "a" elike me ka niuhi ka "a" o na maka.

Oiai e moe loiii ana o Iwahaonou, ua kauoha aku la o Moemoe ina kanaka na lakou na wahine i pau mai la i ka mano e hele mai a ua lakou e kiola iluna o ka imu.

Hiki mai la na ohana o ka poe i a ia e ka mano, ua piha loa lakou i ka inaina i keia kanaka, me ko lakou manao maoli he kanaka maoli no keia. e noho pu nei iuka o Napuu, eia ka he mano aikanaka keia a lakou e noho pu nei, ai-pu, eia ka he euemi ino hauhau kaua makawela laepaa keia kanaka me kona waha mano.

Ka'ika'i ia aku la ua Iwahaonou nei a kiola ia aku la iluna o ka imu e a ana me ka enaena, a ia haule ana no iluna o ka imu ahi, ua papaa ua mano nei a ua "a" ia a lilo i puu lehu a ua make hoi ua kupuino nei o ka uka o Napuu, a pau ka make ana o na kanaka mais hope mai i ka mano.

A ina aole i hele mai o Moemoe elike me kana hana mau mau ina aole e ike ia keia kanaka, he mano kekahi tino ona, a ina no o kana hana mau iho la noia o ka ai i kanaka, a koe kanaka ole o Napuu.

While the crowd was roaring about these words of Moemoe, Iwahaonou returned; a few women having been consumed by this shark, and reverberating voices of grief were heard.

On Iwahaonou's entrance, the people, having been commanded, were prepared to seize Iwahaonou, and when Moemoe nodded, they leaped in unison to capture him.

Iwahaonou began to twist and writhe, whereupon people leaped in to help those securing this man, and his hands and feet were bound, stilling his useless efforts.

Then the kapa shawl was removed, and behold, the mouth of a shark was gaping and the eyes were darting side to side as fiery as the blazing eyes of the man-eating niuhi shark.

While Iwahaonou was lying still, Moemoe ordered the people whose women had been killed by the shark to come, and for them to toss him on the imu.

The families of those eaten by the shark arrived, and they were furious with this man, having truly believed that this was a normal human living alongside them inland of Nāpuʻu. He was actually a man-eating shark with whom they had resided and dined together. As it turned out, he was a terrible enemy and despicable outcast with his shark mouth.

Iwahaonou was carried and thrown on the burning hot imu. When he fell atop the fiery imu, this shark burned and caught fire until he became a pile of ash. This evildoer of the uplands of Nāpuʻu died, and the deaths of people by the shark ceased from that time on.

If Moemoe had not come as usual, this man who had the form of a shark would not have been detected, and he would have continued to eat people, leaving Nāpuʻu with no people.

This was a populated place in old times, and that is the reason 'Ehu was established as chief for those districts of Keawenuia'umi, and why he was set up to farm 'uala in the uplands of Nāpu'u.

(To be continued.)

He aina kanaka keia i ka wa kahiko, a oia ka mea i hoonoho ia ai o Ehu i alii no keia mau okana e Keawe—Nui—a—Umi, a oia kona mea i hoonoho ia ai e mahi uala i ka uka o Napuu

(Aole i Pau.)

NĀ HOONANEA O KA MANAWA

KA PUU O MOEMOE

A mamuli o ka noho alii ana o Ehu no ka Okana o na Kekaha i kapa'a ai o ka la'i a Ehu a hoobolo loa ia o Kona Kaiwalino a Ehu a hiki mai i keia la a ka "Hoonanea o ka Manawa" e kuilima pu aku nei me kona mau kini heluhelu e hoonanea iho ai o na hora hoomaha o na la kuloulu o ka Hooilo a me na po hu'ihu'i iniki ili o ka haule lau.

PUO'A O KA'UALII

He Puo'a kaulana loa keia i ka wa kahiko, no ka noho ana o kekahi alii kaulana loa ma ka mooleio o nalii oia au, oio hoi o Ka'u-alii.

Ma ka moolelo o keia alii, he alii oluolu a lokomaikai keia, a he mea-nui na kanaka i keia alii, a maloko o kela Puo'a oia e no'o mau ai a e hoonanea ai me kona mau aialo, a me kona poe kahu no hoi.

A no ka noho mau o Ka'ualii maloko o keia Puo'a a me kona mau kahuna na kakaolelo a me na kuhikuhi puuone i lilo ai keia Puo'a i mea nui a makee ia e keia alii.

A oiai, e noho ana o Ka'ualii me ke ola maikai no, a ua kekahi la, ua ano oma'ima'i iho la ka alii nei, oia hoi he palapalahi hewa.

A no keia ano oma'ima'i o ke lii, ua hana na kahu i wahi papa'i kuawale noaa alii nei e malumalu ai i ka wela o ka la i ka wa e hoolepo ai.

I kekahi la, oiai kelii e hoolepo ana, ua hoea mai la kekahi mau kanaka kolohe mai Kona mai, o Paaaina ka inoa o kekahi, a o Kuahiku ka inoa o kekahi kanaka.

E hoolepo ana kealii o Ka'ualii, a ku ana keia mau kanaka piha 'eu a ike mai la i ka auo o ke lii he ma'i ua hele a hailepo na maka.

NĀ HOʻONANEA O KA MANAWA [PLEASURABLE PASTIMES]

KA PUʻU ʻO MOEMOE
[MOEMOE HILL]

It is because of ʻEhu's reign over the district of Kekaha that it is called the calm of ʻEhu, and extended out to "Kona Kai Malino a ʻEhu" [Mirror-Sea Kona of ʻEhu] until this day when the "Pleasurable Pastime" goes arm-in-arm with its many readers to enjoy the restful hours of long winter days and the nippy nights of fall.

PUOʻA O KAʻUALIʻI[35]
[KAʻUALIʻI'S PAVILION]

This was a famous pavilion in old times, and concerns a very famous chief in the royal history of that time, namely Kaʻualiʻi.

In the story of this royal one, he was a kindhearted and gracious chief, and the people were very important to him. It was in that pavilion that he would regularly reside and relax with his court members and guardians.

Since Kaʻualiʻi always stayed in this pavilion with his priest, orators, and advisors, it became a thing of importance, cherished by this chief.

Though Kaʻualiʻi enjoyed good health, one day he was afflicted with uncontrollable diarrhea [hī].[36]

For this kind of ailment that the chief suffered, the guardians made a separate shed for him to shield him from the heat of the sun when he would relieve himself.

One day, as the chief was relieving himself, a couple of mischievous people from Kona arrived, one named Paʻaʻāina, and the other was Kuahiku.

Chief Kaʻualiʻi was relieving himself, and these men, full of mischief, stood and saw the nature of the chief's ailment, with his sickly pallor.

---

35. The modern spelling of this name is not certain but is marked with the initial ʻokina in the original and will appear in this form hereafter.

36. The "hi" referenced here becomes a play on words later in the narrative, with the "hi" of place-names, rain names, and aku fishing.

When the chief saw these men, he said,

"You two are newcomers." "Yes, we are newcomers, but we are familiar with the area."

"Where are you two from?" "We are from Kona." "And where will your journey take you?"

"To Hāmākua: He is going to ['Ouhīloa], and I to Pa'auhīloa."[37]

"What? It is a long way to where you two are going."

"How is the rain in Kona?" "There is a lot of rain in Kona. Palahīpua'a is the rain of Kona. The land is truly rainy and Kona is becoming a tide pool."[38]

"How is the aku fish of Kona?" "Aku, 'The hook is cast [hī], the bait is cast [hī].'"

"The area is truly abundant with aku, and every big and little canoe is going out."

"Beloved is that favorite fish embraced in the bosom, that proud fish of this land of encompassing calm where the seas are streaked with various hues."

Once these mischievous men had gone, the chief returned and met with the guardians and the orators.

The guardians asked, "Who were those men who stopped with you, Chief?"

The chief answered, "They were strangers from Kona." "What were their names?" "I did not ask them for their names."

"And where were they going?" "They told me they were going to Hāmākua."

"One to 'Ouhīloa, the other to Pa'auhīloa."

"I asked what was new in Kona, and they told me of the abundance of rain in Kona, the Palahīpua'a being the rain of Kona. I asked them about the aku of Kona, and they told me that there was a lot of aku, 'The hook is cast [hī], the bait is cast [hī].'

"That is what they said to me." There sat the guardians of the chief who were also orators named Pu'unāhāhā and Nahuanōweo.

When the orators heard, they responded in unison, "What? Those despicable outcasts. That was about no one else but you, Chief—the things that those despicable wretches said.

---

37. The places and actions mentioned by the visitors intentionally contain the word "hī," meaning diarrhea, in rude reference to the chief's illness. Neither 'Ouhīloa nor Pa'auhīloa are documented in available resources, but they are marked thus to reflect the play on words and will appear as such hereafter.

38. The term "kapaheka" appears to be a variation of "kaheka."

I ka ike ana'ku o kelii i na kanaka, ua pane aku la ke lii.

Malihini olua: Ae, malihini, a eia nae ua kamaaina no hoi i ka aina.

Mai hea mai olua? Mai Kona mai la maua, A e hele aua ka olua huakai i hea?

I Hamakua: I ouhiloa oinei, a i Paauhiloa hoi au.

Ka? Loihi no ka hoi ka olua wahi e hele nei.

Pehea ka ua o Kona? Nui ka ua o Kona, Palahi-puaa ka ua o Kona. Uh i'o aku la ka, aina ke hele ala a kapaheka ka ua la Kona.

A pehea ke Aku o Kona? Aku, "Hi no ka pa, hi no kamalau."

Aku i'o aku ka alua ke hele ala, ka waa nui me ka waa iki.

Aloha no ka i'a kiliopu hii i ka poli, ka i'a haaheo oua sior nei i ka la'i kupolua i ke kai maoki-hi.

A hele aau la ua mau kanaka kolohe nei, hoi aku la kelii a hui me na kahu a me na kakaolelo.

Ninau mai la na kahu. Owai kela mau kanaka i ku mainei me kelii?

Pane mai la kelii: He mau kanaka malihini mai Kona mai.

Owai ko laua mau inoa? Aole au i ninau aku nei i ko laua mau inoa.

A e hele aua ihea? Ha'i mainei ia'u, e hele aua i Hamakua.

I Ouhiloa kekahi, a i Paauhiloa kekahi.

Ninau aku nei au i ka mea hou o Kona, a ha'i mainei laua i ka nui o ka ua o Kona, palahipuaa ka ua o Kona, a ninau aku nei au i ke aku o Kona, a ha'i mainei, nui ke aku "Hi no ka pa, hi no ka malau."

A oia ka laua i olelo mainei ia'u, Malaila e noho ana na kahu, oua alii nei a me na kakaolelo, no laua na inoa o Puunaha-na ame Nahu-a-Noweo.

I ka lohe ana o na kakaolelo, ua pane like mai la laua, Ka? Na kanaka kauwa makawela laepaa'ino. Aole kela no ha'i aku, nou no kela e kelii, a kela mau laepaa i olelo mainei.

Kuamuamu ia mailla oe, no ka
ike aua mai la ia oe e hoolepo
ana, a o ka ma'i hoi la o kelii, a
no ko laua ike ana mai la i kou
ma'i he ma'i palapalahi ea, a oia
kela e olelo mai la.

Eia ke kaona o ua huaolelo a
laua i olelo mai la, E hele ana i
Hamakua, I Ouhiloa a me Paau-
hiloa, No ka ike mai o kou ma'i ia
he lepo kulu ("ma'i hi")

Nolaila, hoopili ae la ka laua
mau olelo, "ouhiloa a me Paau-
hiloa, he mau ili aina aia la i
Hamakua Kihiloa.

Palahi puaa ka ua o Kona, a
"Hi" no ka pa, hi no ka malaau."
Hookahi noia manao e olelo ino
ana noia nou e kelii.

Aohe wahau kiekie e loa kela
mau kanaka kolohe kiekie loa, o
ka hele ana mai a hailuku me ka
haina ino loa ia oe e kelii.

Kauwa makeloa kena mau la-
paa makawela iuc, O ka wa noia i
hoouna ia aku ai na kukini e
holo a loaa a ho'iho'i mai a kalua
ia i ka imu elike me ka make
oia manawa.

Hala aku la na kukini e uhai
ana mahope o na kanaka pilu eu o
Kaloko waiawaawa.

E huli aku kakou a nana aku i
ua mau kolohe nui nei o ka piha
eu nu' wale, oiai ua mau kanaka
eu nei e hele ala a hiki i ke of
oina i uka aku o Puako, nona ka
inoa oia oihina i na-na ia o Huku-
kae.

I ka huli ana mai ua mau
kanaka nui a nana ua ike mai la
iaa kukini e holo ana me ka mama
ma nui.

Pane mai o Paaaina ia Kuahiku.
Ei ke uhai ia nei kaua na kukini,
no ko kaua olelo naa aku nei i ua
olelo naauao a kuli'u, a ua ike mai
la na kakaoielo a kelii, oia mau
olelo a kaua ea, he mau olelo kua-
muamu ino loa ia i ke lii, a oia
keia o na kukini e moe a make
nei i ka uhai lolou ia Kealaiki
ma.

Pane no hoi o Kuahiku. Aohe o
kaua ala eae e ola ai o ko kaua
huli hoi hou i hope, ae, wahi a
Paaaina, a o ka huli hou noia a
hoi.

"You were being insulted because they saw you
relieving yourself, that being the chief's malady. Them
seeing that you had diarrhea is why they said those
things.

"Here is the meaning of the words that they said.
Going to Hāmākua, to 'Ouhīloa and Pa'auhīloa. That
was about seeing that your ailment was the runs ('ma'i
hī' [diarrhea]).

"Therefore, their words are a play on 'Ouhīloa and
Pa'auhīloa' which are land sections in Hāmākua Kihiloa.

"Palahīpua'a is the rain of Kona, and 'the hook is
cast [hī], the bait is cast [hī].' They share a single inten-
tion, that being a slur regarding you, Chief.

"It's terribly insulting for those scoundrels to come
here and revile you with such terrible insults, O Chief."

"Those despicable outcasts are doomed." Immedi-
ately, swift runners were sent to find them and bring
them back, and then bake them in an imu [underground
oven] which was the method of execution at the time.

The swift runners left to pursue the mischievous
men of Kaloko Wai 'Awa'awa.

Let us turn and look at these rascals while they
walked to the resting spot inland of Puakō by the name
of Hūkūkae.[39]

When these large men turned and looked, they saw
the runners swiftly approaching.

Pa'a'āina said to Kuahiku, "Eh! We are being chased
by the runners for the wise and sassy remarks that we
made, and the orators of the chief knew that what we said
were insults to the chief. That is the reason these runners
are intent on hunting down Kealaiki and company."[40]

Kuahiku responded, "There is no other way for us
to survive but to turn back." "Yes," Pa'a'āina responded,
and they immediately turned back.

---

39. The modern spelling of this place-name is not certain, but
Hūkūkae (literally, "upwelling feces") seems to fit the wordplay
context and will be spelled thus hereafter.

40. "Kealaiki" might be referring to persons of minor import to be
seized at the chief's whim.

While they were going back, they encountered the runners and the runners asked, "You folks wouldn't have happened to have come across some men?"

"There were some men." "Where did you see them?" "Inland of Hūkūkae, a resting stop on the way up to Uhu.[41] They ran without pause as if being chased."

"Yes, that's what we are doing, chasing behind those men who insulted the chief."

The runners asked, "Where have you come from?" "From Kohala Loko, from where it peers over to Makanikahio above Pololū."

The runners turned and unleashed all of their speed, leaving the path behind, and those mischievous men also turned and unleashed all their speed until finding a local man of the area by the name Pōhakuahilikona.[42]

They asked Pōhakuahilikona, "Where is the narrow path of the Priest?"

(To be continued.)

---

41. The modern spelling of this place-name is not certain but will appear in this form hereafter.

42. The modern spelling of this name is not certain but will appear in this form hereafter.

NA HOONANEA O KA MANAWA

PUO'A O KA'UALII

Pane mai la o Pohakuahilikona,
Eia iho: a ina oiua e hele ea, e hehi
olua maluna o na pohaku papa i
kau ia maluna o ke aa a me ka
lepo, a malaila wale no olua e hele
ai a hoea imua o Makahuna aia
kona hale e ku mai la i ke kiekiena
a nana e kuhikuhi aku i kahi o
Anahulu ka makaula Pele o ka uka
o Napuu alu kinikini.

O ka hele aku la noia oua mau
kanaka piha kolohe nei, a hala
laua nei, olelo aku la o Kuahiku ia
Paaaina.

Ia kaua e hele ai ea, e kiola kaua
i na papa pohaku a pau loa, malia
o hele ua poe kukini nei a huli
mai a hahai mai mahope o kaua
ea, a hosa i ke alanui a lilo ilaila e
hoaa ai a o ko kaua hala loa noia
a spakele kaua.

Pane mai la o Paaaina; Owai au
anei ko kaua makamaka o ka uka o
Napuu nana e huna ia kaua ke hoea
kaua iuka o Napuu? Pane aku la
o Kuahiku, aia ilaila kuu kupuna-
wahine Makaula, nona ka inoa o
Anahulu, a nona ko'u inoa e hea
nei o Kuahiku-ka-lapa-o-Anahulu.

Ua hana i'o ua mau kanaka nei
pela a ua kiola ia na papa pohaku
io a ianei a ku ana laua nei i ka
hale o Makahuna o ninau laua nei
i ke alanui e pii ai a hoea ia
Anahulu, a kuhikuhi mai la no hoi
ua wahine nei, a o ko laua nei pii
olai la noia a hoea aua imua o
Anahulu.

Ike mai la ua wahine nei a ninau
owai ko olua mau inoa? O Kua-
hiku-ka-lapa-o Anahulu, wahi a
Kuahiku i pane aku ai.

Auwe! O oe ka ia e kalapa-ku-o
ko-kupunawahine.

NĀ HOʻONANEA O KA MANAWA
[PLEASURABLE PASTIMES]

PUOʻA O KAʻUALIʻI
[KAʻUALIʻI'S PAVILION]

Pōhakuahilikona answered, "Here it is: and if you two should go, tread upon the flat rocks laid upon the rough ʻaʻā [clinker lava] and dirt, and only there until the two of you arrive before Makahuna. Her house stands in the heights, and she will direct you to the place of Anahulu, the Pele prophetess of the uplands of Nāpuʻu with its many gullies."

Immediately these mischievous men went, and when they had left, Kuahiku said to Paʻaʻāina,

"As we go, let us toss away all of the stones of the path, so that if the runners return and chase behind us, they will be confused about the pathway and get lost there, dumbfounded, and we'll be long gone, having escaped."

Paʻaʻāina responded, "Who will be the friend of the uplands of Nāpuʻu that will hide us when we reach there?" Kuahiku replied, "My prophetess grandmother by the name Anahulu is there, after whom I am called Kuahikukalapaoanahulu."

The men went to task and the stone path was tossed here and there until they stood before the house of Makahuna and asked for the path to climb up to reach Anahulu. Then the woman directed them, and they climbed up and came before Anahulu.

The old woman saw them and asked, "What are your names?" "Kuahikukalapaoanahulu," Kuahiku replied.

"Oh my! It's you, Kalapakū, your grandmother's own!

"Come, my dear grandchild.

"You folks have appeared here, you two are being chased, there is a hunt for you for you have spoken ill of the chief Ka'uali'i, and that is why they are following you here, to find and kill you!"

"Hide us!" "There is no place for you two to hide, but here are the clumps of sugarcane, get down, and go inside, lie under the sugarcane clump until it covers you!"

These men went inside and lay still under the sugarcane which had grown in a tangle.

Just as these rascals lay down beneath the sugarcane, the runners arrived and stood before Anahulu, asking,

"Weren't there some men who met with you?" "Not at all." "Really? We have tracked their footsteps, which brought us here, where the footprints disappear, and it seems as if they are being hidden by you."

"Where would they hide? Go look. Here's my house and my kapa beating hut, search there."

Every single place was searched, and because they found nothing, the runners turned back empty-handed, soon standing before the chief and the orators.

Pu'uanōweo[43] asked, "Where are those men?" "They were not found, for they had turned back, and we met them on the road, but because we were certain that these were different men coming from Kona, it made us think they were strangers, so they were not captured."

"We asked them, 'You folks wouldn't have happened to have come across some men?' They replied that there were some men going to Hāmākua."

"So, we asked, 'Where did you see them?' They said, 'At Hūkūkae, inland near Uhu.'"

He ma-i, e kuu moopuna.

Puka mai la olua, eia ka uhai mahope o olua. he uhai keia ia olua, ua kamailio ino olua i ke alii ia Ka'ualii, a oia koia e uhai mainei e loaa olua a make olua.

E huna aku oe ia maua, aohe o olua wahi e nalo ai, a eia ae na pu ko, e moe mai la, a e komo aku oiua a moe malalo o ke pu ko a uhi iho ke ko maluna o olua,

Ua komo aku la ua mau kanaka nei a moe malie malalo o ke ko ua hele a hihipea.

A iua n an kolohe nei no a moe iho malalo o ke ko, oia no ka wa i ahoea mai ai o na kukini, a ku ana imua o Anahulu, a ninau mai la.

Aole anei he mau kanaka i hui iho nei me oe? Aole la, Ka? ua hookolo mainei makou i ka meheu kapuai a hoea iho la maanei a nalowale kapuai wawae, a me he ala, ua huna ia iho nei ke oe.

Mahea iho auanei e pee ai? E huli aku ookou, Eia'ku kuu hale a me kuu papa'i kukn kapa, ilaila ookou e huli aku ai.

Ua neea aku la na wahi a pau i ka huli a no ka loaa ole, ua hrli hoi aku la ua poe kukini nei me ka nele a ku ana imua o kelii a me na kakaolelo

Ninau mai la o Puuanoweo. A hea ua mau kanaka nei? Aole i loaa aku nei, ua hoi hou no i hope nei, a ua hui aku nei no makou i ke alanui, a no ko makou manao loa, he mau kanaka okoa no la hoi keia e hele ana no Kona nei, a oia ka wea i manao ai makou he mau kanaka malihini, a hopu ole ia ai.

O ka ninau no ka makou, aole mau kanaka i loaa mainei ia olua? O ka pane no ka laua, he mau kanaka no, e hele ana i Hamakua.

A ninau no hoi makou. I hea i loaa mainei ia olua? O ka pane no hoi. I Hukukae la ouka aku e kokoke aku ana i Uhu.

---

43. The modern spelling of this name is not certain.

Niuau heu no makou; Maihea mainei olua? O ka laua pane no, mai Koha'aloko mai, i Makanikahio e kiei aku la ia Pololu, a kaawale ae la no hoi laua a me makou.

Ma hele makou a hoea i Mahiki, a loaa he buakei nui e hoomaha ana mai Hamakua mai, a ninau no hoi makou ina ua loaa mai kekahi mau kanaka, a ua hoole mai la kela poe.

A huli mai la a hoi, a ia manawa makou i hooholo ai o na kanaka no i loaa aku ai ia makou, ona mau kanaka nei noia.

Hookolo aenei makou a hoea iuka o Napuu i kahi o ka luahine Makaula oia hoi o Anahulu, a ilaila nalowale ka mehen kapuai wawae. Oi noke makou i ka huli aohe loaa iki a hoi nele mai la.

E nana aku kakou i ua mau kanaka kolohe nei. I ka hala ana o na kukini a hoi imua o kelii, oia no ka wa o Anahulu i hele aku ai a olelo iua mau kanaka nei e puka ae iwaho a hoi aku iloko o ka hale e ai.

Ua ala i'o ae la no hoi laua a hoi iloko o ka hale, a ei iho la a maona, a ia wa o Anahulu i olelo aku ai.

Ina e na moopuna, oiai ke ike nei au e pii hou mai ana na kukini a e pani paa ia ana ka uka o Napuu, ina 'ku a hoea hou mai.

Pau no ka ai ana o ka hele aku la noia, me ke alakai ana o Anahulu a hoea i ka ulu nahele ulei kolo ua hele a hihipea, a olelo aku la o Anahulu.

Eia ke alanui o olua e hoi ai o ke "aluhuna" keia i kaulana ai o Hikuhia i ka uka o Napuu.

Ke hoi olua ea, maluna o ka ulei e hele ai a hoea 'i Kahawai e pili aku la me Kaulupulehu, a hoea i uau-pooole i ka nahele o Hikuhia, a o ko olua pakele noia.

"We asked again, 'Where are you from?' They said that they were from Kohala Loko, in Makanikahio which peers towards Pololū, and then we parted ways."

"We went and reached Mahiki and found a large group of travelers from Hāmākua resting, and we asked them if they had come across some men, and those people said that they had not."

"Then we turned back, and that is when we came to the conclusion that the two men that we had come across were those men."

"We tracked them until reaching the uplands of Nāpu'u to the place of the old prophetess, Anahulu, and there the footprints disappeared. We continued to search, but nothing was found, so we came back empty-handed."

Let us look at these mischievous men. When the runners left and went back before the chief, Anahulu went and told the men to come out of hiding and go to the house to eat.

So, they arose, went into the house, ate until full, and then Anahulu said,

"Let's go, grandchildren, because I know that the runners will come back up, and the uplands of Nāpu'u will be held fast. Let's go before they return."

When they finished eating, they immediately left, following the guidance of Anahulu, and arrived at an entangled grove of 'ūlei shrubs, where Anahulu said,

"Here is the path upon which you two shall return. This is the famous 'hidden path,' Hikuhia,[44] in the uplands of Nāpu'u.

"As you two make your way, go above the 'ūlei shrubs until you reach the stream along Ka'ulupūlehu, and when you reach 'Ua'upo'o'ole in the forest of Hikuhia, you two are free.

---

44. The modern spelling of this place-name is not certain but will appear in this form hereafter.

"When we go, I will go first, and you two behind me, and where my footsteps are, there you must step so that they think that it is a local of the uplands that went to look for sandalwood, kauila wood, and the like."

Anahulu guided these mischievous men until they reached the ʻūlei path, and these rascals of Kaloko Wai ʻAwaʻawa, famous until this day, continued on.

(To be continued.)

Ke hele kakou ea. owau mamua, a o olua mai no mahope o'u, a ma kahi o ko'u kapuai e hehi ai malaila no olua e hehi ai, i manao iho noia ea. he kamaaina no na uka nei i hele e huli laau Iliahi, Kauila a Pela aku.

Ua alakai aku la o Anahulu iua mau koloha nei a hoea i na ala Ulei nei a hele aku la ua mau wahi eu nei o Kaloko-wai-awaawa i kaulana a hoea i keia la.

Aole i pau. S.

NĀ HOʻONANEA O KA MANAWA
[PLEASURABLE PASTIMES]

KA LOKO ʻO WAINĀNĀLIʻI
[WAINĀNĀLIʻI POND]

This pond was one of the largest ponds of the ahupuaʻa of Puʻuanahulu in olden times, and it remains near the flow of ʻaʻā [clinker lava] that is there today, namely the ʻaʻā known as Kanikū. This is the pond that was turned into ʻaʻā and remains until this day when we can see the borders that are spread out like a large body of water. It is truly amazing to see the features of that impressive and renowned pond of past days.

Had this pond not been destroyed by the lava, perhaps today the government would be getting thousands of dollars from this pond for the four hundreds, four thousands, forty thousands of fish—awa, ʻanae, ʻamaʻama, and āhole—living in the waters that would span its surface and the square footage of its form.

It has been said that the width of this pond was one and a half miles and that its length was two or more, and on actual observation, there are signs verifying the things recounted by the people of old.

On the banks of this pond, it is said, stood the sheds of the pond guards to protect against the mischievous ones who would fetch fish in the night, since near the sluice is where the fish would swarm during high tide and come into the gate of the pond.

NĀ WAI ʻEKOLU
[THE THREE WATERS]

These are divisions within the borders of this fish pond, made with banks to separate each pond that was built thus, so the ponds were separated, namely the pond for the ʻanae and ʻamaʻama, the pond for the awa, the pond for the āhole, and waters for the ʻōpae koea[45] and ʻōpae ʻula shrimps as well as the pools in which the ʻanae and awa gave birth.

---

45. "Opae kowea," spelled here as "ʻōpae koea," is not found in Hawaiian-language dictionaries.

Nā Pūkolu a Kaʻenaokāne
[The "Three Canoes" of Kaʻenaokāne]

These three are sluice gates for this pond, where sea enters the ponds, and also where the waters of the ponds flow out and join the sea.

During high tide, the sea rises in the "sluice," and because of the chill of the water, the fish swarm until the "sluice" is full, the fish become packed and because of the crowding of the fish, the heads become red and the fish become weak. When the pond guard would see such fish, they would be scooped into a holoholo net and taken to eat, referred to as

"The sustenance of the pond guard."

It said that along these sluices were fishing shrines, namely places to pray for the increase of fish, and at such spots the rituals would be conducted to entice, multiply, and fatten the fish of the pond, and the fish would become as succulent as the fatty flesh of a pig.

Kanikū a me Kanimoe
[Kanikū and Kanimoe]

These are moʻo [supernatural reptilian beings], beautiful women and they are the resident moʻo of the pond of Wainānāliʻi, and from one of these moʻo came the name which this outcrop of ʻaʻā is known by until today: "the lava rock of Kanikū."

When the lava flowed, these prime ponds were destroyed and covered in the clinker lava, and its water full of fat fish—four hundreds, four thousands, forty thousands of fish—disappeared, and it is this jagged ʻaʻā that stands there until this day which new generations may look upon without understanding, mistakenly thinking this ʻaʻā is from the very beginning of the foundation of the earth and that there was never water at this place before.

Kanikū and Kanimoe, the two form-changing moʻo, turned into stones, and these stones still stand until this day, in the middle of the ʻaʻā, these stones lay together in the same place, and that is why it is said,

---

NA PUKOLU—A—KAENA—O KANE

He mau "Ha" keia ekolu o keia loko, oia hoi kahi e komo ai ke kai iloko o na loko, a e puka ai no hoi ka wai o ua loko iwaho a hui pu me ke kai.

I ka wa kai nui pii mai la ke kai ma ua "Ha," a no ka huʻihuʻi o ke kai pikoeoi aku la ka iʻa a piha na "Ha" hele a hookuʻi ka iʻa, a no ka hookuʻi o ka iʻa, hele a kole ke poo a nawaliwali ka iʻa, a ike ke kiai loko ia ano iʻa, ua kiee ia i ka upena holoholo, a lawe ia aku la e ai, a oia ka mea i olelo ia ai.

"O ke ola noia o ke kiai loko."

Ua oleloia, aia ma keia mau "Ha" aia ma ua wahi he kuula, oia hoi, he wahi hooulu iʻa a maia wahi e hanaia ai na hana hoomana hooulu iʻa, a hoolaupaʻi a hoomomona hoi i ka iʻa o ka loko, hele ka momona o ka iʻa a like me ke kelekele o ka puaa.

KANIKU A ME KANIMOE

He mau moo keia, he mau wahine uʻi a o laua na moo kupa o keia loko o Wainanalii, a no kela moo ka inoa i kapaia ai keia aa-pele o ke a o kaniku a hiki i keia la.

I ka wa i kahe ai ka Pele a pau keia loko pookela a uhiia i ke aa-pele a nalowale kona mau wai i piha i na iʻa momona, he mau lau, mano a kini ka nui, a oia "aa" ia e ku nei a hoea i keia la a ka hanauna hou e nana aku nei me ka maopopo ole iaia, ana paha e manao iho ai he "aa" pele keia mai kinohi loa mai o ka hookumu ia ana o ka honua, a aole he wai ma keia wahi mamua.

O Kaniku, a me Kanimoe, na moo kino eepa, ua lilo i mau pohaku, a eia no ua mau pohaku nei ke ku nei a hiki i keia la, iwaena o ke "aa" e moe like ana ua mau pohaku nei ma kahi hookahi a oia ka mea i oleloia ai.

"Pupuwale kau wahi
He-a wale kau moe
I moe au i Kanika
Iwaeuakohu o ka ino."

Aole i pau

Places are huddled together,
You lie there as stone,
I shall lie at Kanikū,
Amidst the destruction.

(To be continued.)

NĀ HOʻONANEA O KA MANAWA
[PLEASURABLE PASTIMES]

KE AHU A LONO
[THE ALTAR OF LONO]

This altar was built by the war leaders and warriors of Lonoikamakahiki when they came with the war battalions to engage with Kamalālāwalu, the king of Maui, for Kamalālāwalu and his men had landed at Kawaihae and were making their way up for:

"Waimea is stripped by the spears of the wind
By the pounding billows of the Kīpuʻupuʻu rain."

This stone altar was built and is called Keahualono until this day.

Dead and gone are the brave warriors, the champion war leaders and that unrivaled land administrator of Lonoikamakahikikapuakalani, for whom is the proud and unforgettable name, Pupuaākea.[46]

It is his proud words of great renown that would be unforgettable to the descendants and offspring of the land of Hawaiʻi, the Kingdom of Hawaiʻi, and the Hawaiian people up to this day in which we commemorate them, namely this:

"He is dead, the birthmark of Pupuaākea appears."[47]

These were proud words uttered by Pupuaākea in front of his spear-fencing instructor, for at the time that the instructor called out, "Thrust the spear to defeat the opponent," Pupuaākea said to his instructor,

"He is dead, the birthmark of Pupuaākea appears."

Makakūokalani was the land administrator of Kamalālāwalu, the king of Maui, and he was a strong warrior and a rugged man from the island of Maui. It was at Waimea that the chiefs and the war leaders met, and in joint counsel, decided that only the land administrators would fight, both sides having agreed to this.

---

46. "Pupuaʻkea" in the text seems to indicate pupua (tail feathers) and ākea (broad), or Pupuaākea.

47. This line is a reference to his fighting skill.

NA HOONANEA O KA MANAWA

KE AHU A LONO

O keia Ahu, oia ke Ahu a na pukaua a Lono'ikamakahiki a me na koa i kukulu ai i ka wa i hele mai ai me na mamaka kaua no ka hui ana me Kamalalawalu ke alii o Maui, oiai o Kamalalawalu a me kono mau koa ua pae ae ma Kawaihae a e pii ana no,

"Hole Waimea i ka Ihe a ka makani,
I na ale ua a ke kipuupuu."

Ua kukulu ia keia ahu pohaku a kapaia o ke Ahu a Lono, a hoea i keia la.

Ua pau na koa wiwoole i ka make ua pukaua pookela, a me kela kaulana aina luaole o Lonoikamakahiki Kapu—a—Kalani, noua ka inoa Haaheo o ka poinaole o Pupua'kea.

Nana ka huaolelo haaheo o ke kaulana loa e poina ole ai na mamo ame na polapula o Hawaii aina, Hawaii aupuni a me Hawaii Lahui a hiki i keia la a kakou e hoomarao nei oia hoi;

Ua make, ua kuka'i ka ila o Pupua'kea."

He mau olelo haaheo keia a Pupua'kea i hoopuka aku ai imua o kana kumu a'o kaka laau, i ka wa a ke kumu i kahea mai ai, "E ho-hou iho ka hauna laau i make ka hoa-paio," a oia ka Pupuakea i mai ai i kana kumu.

"Ua make, ua kuka'i ka ila o Pupuakea."

O Makakuokalani, oia ke kaulana aina o Kamalalawalu ke alii o Maui he kanaka koa ikaika a he pukani no ka moku o Maui a ma Waimea i hui like ai nalii a me na pukaua a maia hui ana i hooholo ai ua mau alii nei o na kaulana aina wale no ke hakaka a ua hooholo na aoao a elua.

I ke ku ana aua mau kaulanaaina nei, ua ike ia o Makakuokalani, he kanaka hoi kihikihi o na poohiwi akea ka umauma a kiekie, he kulana maoli nu o ke kanaka koa a pukani n.i ka moku o Kamalalawalu·

O Pupua'kea hoi ke kaulanaaina o ka moku o Hawaii o ke lii Lonoikamakahiki—Kapu—A—Kalani, he pahaa a poupou pu'ipu'i a ka lawaia, awaawaa ke kino me na i'o uaia e kiokio ana a puni kona kino, a he koa hoi ma kona nanaina a he wiwoole ko a ano.

Oiai, ua mau kaulana aina nei i makaukau ai ua lilo mua ia Makaku ka hauna laau mua loa, a aia hauna laau ua pa o Puapu'akea i waiho aku la ilalo me ke kolili o na wawae.

Kahea koke mai la ke kumu a'o kaka laau a Makaku, Hoi hou iho ka hauna laau i make ka hoapaio.

Pane mai la o Makakuokalani, ua make. aole ola, he Io, ka hauna laau a ke koa o Maui. Hookahi no hauna laau a ke kanaka n'i o ka make noia, e iho aku nuanei ka uhane a loaa o Milu a olelo aku elua o'u hauna laau i make mai nei i ke koa o Maui a olelo i mai i ka ikaika ole·

Oiai o Puapuakea e waiho ala a ia oni ana no a ku iluna ua hele ke kino na lima, ua maka a ula pu i ke koko, a oia no ka wa i pane aku ai o Pupuakea e makaukau aole i pau ia huaolelo ho ikena ka na koa me ka puaaua i ka hapai ia ana o Makakuokalani iluna a kiola ia aku la a waiho ana ilalo ua nahae pu mai ka elemu a paa i ke poo.

Kahea mai la ke kumu a'o. a Pupua'kea Hohou iho ka hauna laau i make kahoa paio·

Aole i pau

When these two officers stood, Makakūokalani was seen to be a big, square-shouldered man with a broad chest and tall. His stature was that of a true warrior and a powerful force for the island of Kamalālāwalu.

Pupuaākea was the officer for the island of Hawai'i of the king Lonoikamakahikikapuakalani, and he was a short, stocky, and stout fishing lad, his body having become ridged with muscles protruding all over. His appearance was that of a warrior, and he had a fearless nature.

These officers were prepared, so the first spear thrust went to Makakū, and when the strike hit Pupuaākea, it left him on the ground with his legs twitching.

Instantly, the spear-fighting instructor of Makakū called out, "Go back, thrust your spear down to defeat the opponent."

Makakūokalani responded, "He's dead, he won't survive; the blow of the Maui warrior was an 'io strike.[48] One strike from the strapping lad is enough to kill. Otherwise, the spirit might go down and find Milu and say, 'It took two strikes for the Maui warrior to kill me,' which would be recounted as lack of strength."

While Pupuaākea was lying there, he moved to stand up, his body, arms, and eyes all being covered in blood. That is when Pupuaākea said, "Get ready," and before even finishing his words, the warriors and the war leaders suddenly saw Makakūokalani being lifted up and thrown, leaving him on the ground, torn apart from buttocks to head.

Pupuaākea's instructor called out, "Thrust the spear to defeat the opponent."

(To be continued.)

---

48. According to Mary Kawena Pukui and Samuel H. Elbert, the term "'io" is "probably the name of a stroke in lua fighting; also a low stroke in club fighting." *Hawaiian Dictionary: Hawaiian-English, English-Hawaiian*, rev. enlarged ed. (Honolulu: University of Hawai'i Press, 1986).

NĀ HOʻONANEA O KA MANAWA [PLEASURABLE PASTIMES]

KE AHU A LONO
[THE ALTAR OF LONO]

Pupuaākea replied: "He's dead, the birthmark of Pupuaākea has appeared."

Pupuaākea looked at his fists and saw that they were red, all covered in blood, and that is why Pupuaākea said, "The birthmark of Pupuaākea has appeared."

Forgive the writer for the slipperiness of his pen tip during these spurts in the progression of our Pleasurable Pastime.

Let us return again and find the famous altar called Keahualono, which is located on the boundary of Kona and Kohala where the road of Haʻaniʻo[49] lies, going on to Kohala.

HIʻIAKAIKAʻALEʻĪ

This area is the boundary of Kapalaoa and ʻAnaehoʻomalu and is the section that separates Kohala and Kona going directly inland to Keahualono which was previously mentioned.

KAPALAOA

It is said that the name given to this place was in reference to the destruction of the whale tooth necklace of Chiefess Kuiwa[50] by the lava, and there is an area destroyed by smooth pāhoehoe called by the name Kapalaoa [whale-tooth ivory].

In the story of Kalapana, the riddling child of Puna, Kapalaoa was the name of Kalapana's mother, and she lived in this area with her husband Kānepōiki who went to match wits on Kauaʻi, only to lose to Kalanialiʻiloa and the teachers of word fencing, Halepāniho and Halepāiwi, and because she lived in this area, this land is called Kapalaoa until this day in which we are amused by the shining *Hoku* newspaper of Hawaiʻi in recollections of things long passed.

---

49. The modern spelling of this name is not certain and could also be "Haʻanio."

50. The modern spelling of this name is not certain and is left unmarked.

NA HOONANEA O KA MANAWA

KE AHU A LONO

Pane mai la o Pupua'kea: "Ua make, ua kukai kaila o Pupua'kea."

Oia hoi, ua nana iho la o Pupua'kea i na poho lima ona a ike la ua hele a ula, he koko wale no, a oia ka mea i olelo ai o Pupua'kea, ua kukai ka ila o Pupua'kea.

E kala mai i ka mea kakou no ka pakika loa o ka makapeni ma keia wau hunahuna o ka nee ana o ka kakou Hoonanea o ka Manawa.

E hoi hou aku kakou a loaa ke Ahu kaulana i kapaia o ke Ahu a Lono, aia no keia Ahu ma ka palena o Kona ame Kohala a e kokoke ana i ke alanui a Haanio e waiho nei a e hele ana no Kohala.

HIIAKA-I-KA-ALE-I

O keia wahi oia ka palena o Kapalaoa me Anaehoomalu a oia no hoi ka mokuua e kaawale ai o Kohala me Kona a holopololei aku iuka a hiki i Ka Ahu a Lono i olelo mua ia aenei.

KAPALAOA

Ua olelo ia o ka inoa i kapaia'i keia wahi, no ka pau ana o ka lei palaoa o keliiwahine o Kuiwa i ka Pele, a aia he wahi pau pahoehoe i kapaia ka inoa o Kapalaoa.

A ma ka moolelo o Kalapana ke keiki hoopapa o Puna, o ka inoa o Kapalaoa, oia ka inoa o ka makuahine o Kalapana, a no ka noho ana o Kapalaoa, ma keia aina ame kaha kane o Kanepoiki i hele ai i ka hoopapa i Kauai a make ai ia Kalanialiiloa ame na kumu hoopapa, oia hoi o Halepaniho ame Halepaiwi, a oia ke kumu i kapaia ai o ka inoa o keia aina o Kapalaoa a hiki i keia la a kakou e Hoonanea ia nei e ka Hoku olino o Hawaii no ka hoomanao ana no na mea i hala loa i hope.

POHAKU O MEKO

He pohaku loihi aia iloko o ke kai e ku nei a hiki i keia la o ka loihi o keia pohaku mai ka papaku o lalo a hoea i ka ilikai he aneane e 6 anana kona loihi, a aia no keia pohaku manawa aku o na kuaau kahi a ka nalu e poi mau ai.

NA POHAKU KULUA ILOKO O KE KAI

He mau pohaku keia e kaawale ai o Kona ame Kohala. O kekahi pohaku no Kona ao kekahi pohaku no Kohala, aia i ka hohonu aneane e 4 anana ka hohonu o keia mau pohaku kulua kohu mau kiai no keia kaikuono akea o Anaehoomalu ame Kapalaoa, a ua kapaia ko laua mau inoa haaheo o ka poina ole o na Kiai Naueole o ke kaikuono kaulana o Anaehoomalu i ka makani olauniu pili-a o na Kehaha waiole, pale o Kona, pale o Kohala.

KAPALAOA

O ka inoa i kapaiaai keia wahi a hoea wale no i keia la a ka hanauna hou e ulu nenei oia no o Kapalaoa. No ka noho ana o Kapalaoa ka makuahine o Kalapana ke keiki hoopapa o Puna nana i hoohoka o Kalanialiiloa ke alii hoopapa kaulana loa o Kauai a ke ao lewa i ka lani ame na kumu hoopapa a ua alii kaulana nei oia o Halepaiwi ame Halepaniho.

Mai Kauai mai i hele mai o Kapalaoa ame kona mau hoahanau, oia o Kalana Puumoi, hele oia a noho i Hilo, maanei mai o Kaieie, a kapaia no ka inoa oia aina o Kalaoa a hoea i keia la a kakou e hoonanea nei me ka Hoku o Hawaii.

O keia wahine ka mea nana i a'o aku ia Kalapana apau na ike ame na ai o ka hoopapa, a oia a'o ana a ka makuahine ia Kalapana, oia ka mea i puhili ai na Kumu Hoopapa o Kauai ame Kalanialiiloa ke alii puni hoopapa o moe okoa no a Kauai iluna o ka la.

He ohana hookahi no keia mau kumu hoopapa o Halepaiwi ame Halepaniho.

PŌHAKU ʻO MEKO
[MEKO ROCK]

This is a tall rock in the sea that stands until this day, its length from the sea floor to the ocean surface being nearly six fathoms, and this rock is located in the gap beyond the outside reef where the waves continuously break.

NĀ PŌHAKU KŪLUA I KE KAI
[THE ROCK PAIR IN THE SEA]

These are rocks that separate Kona and Kohala. One rock belongs to Kona and the other to Kohala, and these rocks stand nearly four fathoms deep, this pair of rocks are like guardians for this wide bay of ʻAnaehoʻomalu and Kapalaoa. They were given an unforgettably proud name, that being the Immovable Guardians of the famous bay of ʻAnaehoʻomalu in the lingering ʻŌlauniu breeze of the Kekaha Wai ʻOle areas; Kona is protected, and Kohala is safe.

KAPALAOA

The name by which this place is known until this day in which the new generation grows is Kapalaoa. It is due to Kapalaoa's [residence there], she being the mother of Kalapana, the riddling child from Puna who thwarted Kalanialiʻiloa, the famous riddling chief of Kauaʻi of the floating clouds in the sky, along with the word-fencing teachers of this famous chief, namely Halepāiwi and Halepāniho.

Kapalaoa and her cousins Kalana and Puʻumoi came from Kauaʻi. She went and lived in Hilo, on this side of Kaʻieʻie, and that place has been called Kalaoa until this day as we enjoy ourselves with *Ka Hoku o Hawaii*.

This woman is the one that taught Kalapana all the knowledge and skill of riddling, and the mother's instruction to Kalapana is what thwarted the word-fencing teachers of Kauaʻi and Kalanialiʻiloa, the riddle-loving chief, dealing Kauaʻi a full defeat.[51]

These word-fencing teachers, Halepāiwi and Halepāniho, were of the same family.

---

51. Assuming that the "o" and "a" have been transposed, "a moe okoa o Kauai iluna o ka la" would mean "Kauaʻi lies flat while the sun is up."

They were actually brothers in that family of Kalaoa and Kapalaoa; however, their familial relationship was not a consideration since riddling was the profession to which they were sworn until death, and these word-fencing teachers and the chief that they had instructed, Kalaniali'iloa, all ended up dead.

KŪAIWA STONY ISLAND

This is a large stony islet in the sea whose name is Kūaiwa, it is the name of a chiefess that lived at this place in olden times, and according to the words of the old kama'āina [locals] of this land, it was simply dry before but now has been covered by the sea, and only water can be seen from one side to the other.

NĀIPUAKALAULANI[52]

This is an islet near Kūaiwa, and according to the story, this was a chiefly boy, and he was the son of Kūaiwa the chiefess and Halemihi.

When 'Anaeho'omalu came from Ka'ū and reached this area, she married this chiefly boy and lived at this place. So, the name of this area has been called 'Anaeho'omalu until this day in which we, fellow reader, enjoy ourselves.

NĀ WAHI PANA O PU'UANAHULU [THE CELEBRATED PLACES OF PU'UANAHULU]

1 — Pu'uhuluhulu: It is said that this is a guardian hill for Pu'uanahulu, and that is the reason they are referred to as Nāpu'u [the hills], because of one hill guarding another.

2 — Haonapāipu: This is a protected area for planting food, kalo and 'uala, mai'a [banana], and kō [sugarcane], and because these things were thrust, hao, into gourd containers, pā ipu, it was called Haonapāipu by the ancient people of those days long since passed.

3 — 'Āwikiwikilua: This is a cave in which people's bodies were interred, and within this cave lay some of the kama'āina [locals] of this community awaiting the trumpets of the angels to rouse the resting places of those who lie in eternal slumber.

4 — Pāhoa: This is the gate entrance to climb up the cliff of that ridge of Pu'uanahulu on the Ka'ū side, alongside the land of Pu'uwa'awa'a.

---

52. The modern spelling of this place-name is not certain.

He mau kaikunane ponoi no na Kalaoa ame Kapalaoa, a eia nae, aohe nanaia a ko lakou pili ohana a hoahanau oini, ua hoopaa ka hoopapa ka lakou oihana i hoobiki ai a make maia oihana, a ua make ua mau kumu ho papa nei ame kelii, a laua i a'o ai i ka oihana hoopapa oia o Kalaialiiloa.

KUAIWA-MOKU-POHAKU

He moku pohaku nui keia aia iloko o ke kai a ua kapaia kona inoa o Kuaiwa, he inoa no kekahi alii—wahine i noho ma keia wahi ika wa kahiko, a ma ka olelo a nu kamaaina kahiko o keia aina maloo wale noia mamua a i keia manawa mai mahope mai i uhi ia ai e ke kai a lilo i kai wale no mai o a o.

NAIPUAKALAULANI

He moku pohaku no keia e kokoke aku ana ia Kuaiwa a ma ka moolelo, he keiki alii keia, a o ke keiki keia a Kuaiwa ke aliiwahine ame Halemihi.

I ka hele ana mai o Anaehoomalu mai Kau mai a hoea i keia wahi, ua hoao iho la me keia keiki alii, a noho oia ma keia aina a kapaia ka inoa o keia wahi o Anaehoomalu a hoea i keia la a kaua e ka mea heluhelu e hoonanea nei.

NA WAHI PA-NA O PUUANA— HULU

1 —Puuhuluhulu Ua olelo ia he puu kiai keia no Puuanahulu a oia ka mea i olelo ia'i o Napuu, no ke kiai o kekahi puu i kekahi puu·

2—Haonapaipu He malu kanu a-i, kalo ame ka uala, ka maia, ke ko a no ka uhao iu iloko o ke paipu i kapaiai o Haonapaipu e ka poe kahiko oia mau la i hala loa aku la i kikilo loa.

3—Awikiwiki-lua He ana waiho kanaka keia, a oia maloko o keia ana e moe nei kekahi poe kupa o keia mau kaiaulu e kali ana i ka pu a ka anela no ka hoala ana i na ilina e moe nei i ka moe kau moe hooilo.

4—Pahoa O keia ka puka pa e pii mai ai i ka pali o kela kualapa e Puuanahulu ma ka huli ma Kau ke pili ana ma ka aoao i ka aina o Puuwaawaa.

5—Manohili He halokowai keia i ka wa kahiko, ka ua Naulu a malie oia ka wa e ukuhi ai a piha ʻa hauna wai a hoiʻhoi' iloko o na lua-pao i hana ia a kipapaia a paa i ka pohaku.

6 -Awikiwiki—luawai Ke papawai no keia i hana pao ia a kipapaia i ka pohaku a paa a oia mau paa no a hiki i keia la a kakou e hoonaneaia nei e ka Hoku ahailono ahonui o Hawaii Kilohana i ka laʻi.

7—Mau-ki He papawai no keia elike no me ia mamua aʻnei.

8— Kuahiku-ka.lapa o- Anahulu O kahi kiekie loa keia o kela puu Anahulu, ma kela nalapa e nana aku ai i na kahakai o Kihala, Keawaiki, Kapalaoa, Anaehoomalu, a me na wahi apau o na kahakai mai Kaupulehu a Kawaihae.

NA PA-NA E AE O PUUANA— HULU

Puakalehua, Pilinui, Pohakau, Pohaku-o-kelii, Nahale-o-Kulani, Lapakaheo-nui, he kiekiena keia iluna mai o ka aali. Lapakaheo iki, aia ia wahi malalo aku he kahonua maikai apuni, alaila iho hou aku a hiki ka honua aina haahaa o lalo. He nʻi okoa aku noia.

KUKUI O HAKAU

He mau kumukukui keiaʻ e ulu nei ilalo o ka aina haahaa. O ka moolelo o keia kukui penei noia.

O Hakau (k) he kupa ia no keia mau pali o Puuanahulu, a no ka makemake i kekahi uʻi o ke ala ulili o Hamakua ua hele oia e makaʻikuʻi a e ike maka i ke "ala ulili, e aki ana i ka niho o ke kaula e kuukuu ana i ka pali."

Aole i pau

---

5 — Manohili: This was a water catchment in ancient times. Once a sudden Nāulu cloudburst had calmed, one could fill the water containers to take back to store in the cave pits that were made with a lining of stone.

6 — ʻĀwikiwiki Pond:[53] This was a water basin, dug out and completely lined with stone, and it is still in place until this day that we are pleasurably entertained by the patient messenger, *Hoku o Hawaii,* finest in the calm.

7 — Maukī: This is a water basin just like the one above.

8 — Kuahikukalapaoanahulu: This is the highest point of that Anahulu hill, on that ridge looking towards the shores of Kohala, Keawaiki, Kapalaoa, ʻAnaehoʻomalu, and all the other places along the shores from Kaʻūpūlehu to Kawaihae.

NĀ PANA ʻĒ AʻE O PUʻUANAHULU [THE OTHER CELEBRATED PLACES OF PUʻUANAHULU]

Puakalehua, Pilinui, Pōhākau, Pōhakuokeliʻi, Nāhaleokūlani, Lapakaheonui: this is a high area above the ʻaʻaliʻi.

Lapakaheoiki: this was a place below, a nice low flat area throughout, and then extending further down to the low base land below. It is a special beauty.

KUKUI O HĀKAU [KUKUI OF HĀKAU]

These were kukui trees growing down on the lowlands. The story of these candlenut trees goes as follows:

Hākau (male) was a native from these cliffs of Puʻuanahulu, and because he desired a certain beauty from the sheer cliff tracks of Hāmākua, he traveled to visit and see "the narrow cliff tracks that scrape notches into the rope being let down from the cliff."

(To be continued.)

---

53. The term "luawai" used in the original seems to be more of a geographical qualifier than part of the name.

NĀ HOʻONANEA O KA MANAWA
[PLEASURABLE PASTIMES]

KUKUI O HĀKAU
[KUKUI OF HĀKAU]

He (Hakau) arrived in Hāmākua, at the place called Kukuihaele and was hosted by a local of the area. Due to his promptness and efficiency (Hākau) in all his tasks, he obtained the beautiful woman he desired as a cuddling companion for the land of many hills, Nāpuʻu of the lofty heights.

The thing this beauty craved was ʻinamona [candlenut relish], for it was a favorite of hers. And because the ʻinamona was so favored[54] by this woman, Hākau picked until filling the gourd container with kukui [candlenut] from a famous kukui tree in Hāmākua by the name of Kukuihaele, and it is because of this tree that the name Kukuihaele is celebrated until today.

When Hākau returned with the beauty of Hāmākua and lived in this place, he planted a kukui nut from this kukui tree that grew, fruited, and provided food, and it is called by the name Kukuiahākau [Hākau's kukui][55] until this day in which we, fellow reader, enjoy ourselves.

Upon Hākau's death, the tree also died, but all of its saplings are flourishing near to where Kukuiahākau, Hākau's original tree, had grown, and that grove is called by that same name.

Nāahuakamaliʻi, Nāhaleanīheu, Pōhakuowaiokalani: This [latter site] was a spring, following times of rain, when water would flow from the cliffs, filling this spring, and for months the water would remain, then once the sun prevailed it would completely dry up.

ʻĀhinahina: This was an adjoining field that meets up with the pāhoehoe [smooth lava] that closed up the pond of Kīholo in 1875.

Kaʻalā:[56] The cliffs end, then the land rises again along the ridge on the side facing towards Kohala.

---

54. The word "hunakele" in the original is assumed to be a misprint of "punahele."

55. While the title is "Kukui o Hākau," the original source also offers "Kukui-a-Hakau" in the narrative, the a-possessive reflecting Hākau's role as the planter.

56. The modern spelling of this place-name is not certain.

NA HOONANEA O KA MANAWA

KUKUI O HAKAU

Hiki oia i Hamakua i kahi i kapaia o Kukuihaele a hookipaia e kamaaina oia wahi. A no ka elau ame ka miki oianei, (Hakau) ma na hana apau, ua loaa iho la ka uʻi ana i makemake ai i hoa pupuu no ka aina puu kinikini e Napuu i ka uka iuiu.

A o ka puni hoi a keia uʻi o ke kukui inamona, a he mea punahele loa iaia ke kukui inamona, a noia hunakele o ke kukui inamona i keia wahine, ua ohi la o Hakau i ke kukui a piha ka hokeo, mai kekahi kukui kaulana o Hamakua a nona hoi ka inoa o Kukuihaele, a no keia kukui ka inoa i paua ia ai kela aina o Kukuihaele a hiki i keia la.

I ka hoi ana mai o Hakau me ka uʻi o Hamakua, a noho i keia aina, ua kanu iho la oia i kekahi hua kukui a ulu a hua nohoi a ai oua kukui nei, a kapaia no hoi ka inoa o ke kukui-a-Hakau a hiki i keia la, a kaua e ka hoa helubelu e nanea nei.

Eia nae i ka make ana o Hakau a make no hoi ua kukui nei, a o kana mau keiki kukui ke ulu nei ma kahi o Hakau kukui makua i make a kapaia no Kukui-a-Hakau a o keo nei no lakou i kela inoa o ke kukui a Hakau.

Na ahu a Kamalii, na hale a Niheu, Pohaku o-Waiozalani. He puawai keia ke hiki mai i ka wa ua, e kahe mai ana ka wai mai na pali mai a kahe aku a piha keia puuawai a he mau mahina e mau ai ka wai, a ina nui ka la e maloo ana a pika-o.

Ahinahina He kula aku ia e hui aku ana me ka pahoehoe Pele i pane ai ka loko o Kiholo i ka 1875.

Kaa-la Pau na pali, alaila pu hou iuka ma ka lapa ma ka aono e huli ana i Kohala.

Paakea Alaila o Anahulu aku
a o zahi keia i noho ai o Anahulu
kela luahine Makaula a kaula Pele
hoi a no keia luahine ka inoa
kapaia ai ka inoa o keia wahi o
Puuanahulu e o nei a hiki i keia la
a ka hanauna hou e ike iho ai i ka
mea nona ka inoa i kapaio ai keia
mau puu alu kinikini o Napuu o
Puuanahulu nei.

Maile-Kini Puako, kahi keia o
Iwahaouou i noho ai, kela kanaka
kino mano a kakou i ike mua senei
ma na helu i hala. Kela kanaka
nona ka waha mano ma ke kua,
na i a-i kanaka o Napuu, a e ole o
Moemoe ka Makaula e hele mai i ke
ia ai keia kupuino lapuwale nui.

O K—He mau panawai keia
hana pa—ia a eia no ke waiho nei
a hiki i keia la, aia ma kahi o ka
haneri kalani ka nui o ka wai o ke
pa-o wai hookahi a oi aku.

Ua hanaia a paa, a i ka wa ua
e piha ana i ka wai a hoi mai ka
manawa papaa la alaila kii ka
keia mau papawai i hanaia ai. A o
ka mea kupaoaha nae, aole e hiki
i ua wahine ma'i wahine (waima-
kaolehua) ke kii i ka wai o keia
mau punawai. Ina e kii lakou,
alaila, e maloo aua ka wai a nele
i ka waiole. Kupaoaha no.

Kaekaeka, Puuhanalepo, Lepelau,
Pikohana-nui, Pikohana-iki ame
Kumua.

Kumaia-kukui He ana moe keia
Puako-ana He ana moe no keia
no ka poe kahiko. Puuolili, he
puu keia. Na Elemakule-kukui
Puuiki, Kalapaio, he kualapa, Ka-
holowaa, Puuokaoiwi, Puuokalau-
kela, Kai-pohaku, Kuaana, Kep.
He papawai keia. Pauwaa o Hale-
aniani. Haleola, Keahua, Halulu,
He heiau keia a ua pau i ka wa-
wahi ia e na poe o keia mau ma-
kahiki i hala aku la.

Puuohia He puu no keia e ku
nei, Wah-okahee o Puuhaole, Kea-
nakapiki. He ana wai keia, aia
mahuka aku o Puuholuhulu, aia
maloko o keia ana he mau poho-
wai nunoi, a alaila ka wai e kii ai
ko Puuanahulu ame Puuwaawaa
i ka wa e papaala maiai ka aina.
Hahepouli, he ana wai no keia elike
no me kela ana.

Aole i pau

Pa'akea: Then comes Anahulu, this being the place where Anahulu, that old seer and prophetess of Pele, lived, and it is from this old woman that this place, Pu'uanahulu, gets its name, hailed until this day so that the new generation may know of the person after whom were named these many-gullied hills of Nāpu'u, here in Pu'uanahulu.

Mailekini, Puakō: This was where Iwahaonou lived, that man with a shark form we saw before in previous issues. He was the man with the mouth of a shark on his back, who ate the people of Nāpu'u, but thankfully Moemoe the seer came and recognized this terrible evildoer.

K—: These are catchments that were dug and that remain until today, each pool holding a hundred or more gallons of water.

These were made watertight, then in times of rain, they would be filled with water, and when times of scorching heat returned, the water would be fetched from these built catchments. The strange thing, however, was that women on their menstrual cycle (tears of lehua) were not allowed to take the water of these wells. If they were to fetch water, the water would dry up and there would be no water left. Strange indeed.

Kā'eka'eka, Pu'uhanalepo, Lepelau, Pikohananui, Pikohanaiki, and Kūmua.[57]

Kūmaiakukui: This was a sleeping cave. Puakōana: This was also a sleeping cave for the people of old. Pu'uo-lili:[58] This is a hill. Nā'elemākulekukui, Pu'uiki, Kalapaio, a ridge, Kaholowa'a, Pu'uoka'ōiwi, Pu'uokalaukela, Kaipōhaku, Kua'ana, Kep: This was a catchment. Pauwa'a, Haleaniani,[59] Haleola, Keāhua,[60] Halulu: This was a temple that was destroyed by the people of those years past.

Pu'u'ōhi'a: This is a hill still standing. Wahaokahe'e, Pu'uhaole,[61] Keanakapiki:[62] This is a water cave inland of Pu'uhuluhulu, and within this cave are several large pockets of water, and that being where the people of Pu'uanahulu and Pu'uwa'awa'a fetched water during the times the land was scorched. Hahepouli: this is a water cave just like the previous cave.

(To be continued.)

---

57. These apparently are place-names in the area and may be in some geographical order not explained here.
58. The modern spelling of this place-name is not certain.
59. This appears without a comma, as "Pauwaa o Haleaniani," in the original and may be a single name.
60. The modern spelling of this place-name is not certain.
61. This appears without a comma, as "Waaokahee o Puuhaole," in the original and may be a single name.
62. The modern spelling of this place-name is not certain.

NĀ HO'ONANEA O KA MANAWA [63]
[PLEASURABLE PASTIMES]

(Many days have passed of *Ka Hoku*'s "Pleasurable Pastime" author straying about, and the thousands of readers of *Ka Hoku*'s columns have gone without these savory things for the mind to enjoy in the restful hours of spring, but here it is being served up, filled with things that bring wonder.)

—Writer

NĀ WAHI PANA I KOE O PU'UANAHULU [THE REMAINING STORIED PLACES OF PU'UANAHULU]

Pu'uikilehua Hill, Hiwi Hill, Kalaumalu, Keana-maui Hill,[64] which is also a sleeping cave, this area rises up to the barren mountain top near the inner flank of Hualālai Mountain.

Kanupa: This is a grove of 'ōhi'a trees, and according to its story, it is forbidden for any 'ōhi'a to be cut from this grove. In ancient times, if any 'ōhi'a was cut, the cry of a woman could be heard along with a rumble of echoing voices, and at certain times the voices would be heard moving about through the 'ōhi'a grove.

Pu'unāhāhā Hill, Keanauhakō: this was a sleeping cave. Ho'opili: this is a kīpuka, or enclave, of 'a'ali'i trees. Kauakahi, Pō'ainakō,[65] Kamāwae, Pulehua'aua, Pōhaku-kauio,[66] Kaholowa'a.

Kuahāpu'u Kīpuka,[67] Keanapākū:[68] this was a war cave in ancient times. Poho'ula, Welekau, 'Ākomo, Kahaumanu: this was a burial cave in ancient times, and when the lava flowed in 1857, this place was covered by the lava and became a swath of pāhoehoe [smooth lava], which remains there now.

---

63. An addendum of material about native plants was included under the same title on a separate page for two issues but has been extracted from the publishing sequence and presented at the end of this publication.
64. The term "Puu" used in the original for these three places seems to be more of a geographical qualifier than part of the names.
65. The modern spelling of this place-name is not certain.
66. The modern spelling of this place-name is not certain.
67. The term "Kipuka" seems to be more of a geographical qualifier than part of the name and has no single equivalent in English; it likely indicates a flourishing area encircled by barren rock, an enclave, or an oasis.
68. The modern spelling of this place-name is not certain.

NA HOONANEA O KA MANAWA

(Ua li'u wale na la i hala o ka luaiele ana o ka mea kakau o "Na Hoonanea o ka Manawa" o Ka Hoku, a ua hoonele ia aku na tausani halubelu o na koramo o ka Hoku ia mau mea ono a ka manao e hiaai ai o na hora hoomaha o ke kupulau, a eia mai ke paneo ia aku la me ka piha i na mea hoo—paha'oha'o i ka noonoo.)
Mea Kakau

Na wahi pana i koe o Puuana—hulu.

Puuiki-lehua-Puu, Hi-wi-puu, Kalaumalu Keana-maui-puu, a he ana moe ia hoi, eia keia ke pii nei i ke kuahea euamauna e kokoke aku ana i ka heua o Mauna Hua-lalai.

Kanupa He uluohia keia i oleloia ma kona moolelo he kapu ke oki wale ana i kekahi ohia o loko o keia uluohia. I ka wa kahiko, ina e oki ia kekahi ohia, e lohe ia ana na leo uwe o kekahi wahine a me na leo kupinai e wawalu ana, a i kekahi wa e lohe ia ana na leo e o hele ana maloko o ka uluohia.

Puunaha-ha-puu, Keanauhako, He ana moe keia. Hoopiii he kipuka aulii keia, Kauakahi, Pu—ainako, Kamawae, Pulehuaaua, Pohakukauio, Kaholowaa.

Kuahapuu Kipuka, Keanapaku, he ana kaua keia i ka wa kahiko, Pohoula, Welekau, Akomo, Kahau-manu, he luahuna keia i ka wa kahiko, a i ke kahe ana o ka Pele i ka 1857, ua uhi pu ia keia wahi e ka Pele a lilo i pahoehoe e waiho nei i keia manawa.

Alala-keiki. He ana moe keia a no ka uwe o keiki iloko o keia ana, ua kapaia o Alalakeiki. Keana la'i, he nui ka la'i o loko o keia ana e ulu nei a hiki no i keia wa. Eia keia ke pii nei iuka o ka pahoehoe a me ka ohia. Moeaahiahi, he ana moe no keia. Auwaiakekua, he punawai keia aia iuka, mawaena o Keamuku a me Puuanahulu.

Keia na wahi pana o Puuanahulu a kaua e kuu hoa heluhelu e ike iho la, a ua kupono i'o no kela inoa o Puuanahulu, he anahulu i'o no na puu, na alu, na kaulu pali a me na wahi pana o keia ana.

Aka aole no i pau aku na wahi pana o Kekaha waiole, a e hoonanea hou aku ana kaua e ka hoa hoonanea o ka Hoku o Hawaii, a i mea e mau ai kou nanea ana ea, e hoomanao iho i kahi ola o ka kaua nunu (Hoku) lawe nuhou o na mea hoonanea o ka manawa.

Na wahi pana o Puuwaawaa-puu.

1—Maunaomali, oia ka aoao mauka o ka puu o Puuwaawaa, e upoho ana iloko a aia malaila, kahi i kanu ia i ke kulina a aia malaila, he luawai.

2—Kahuakamoa. aia ma ka aoao ma Kona, a he mala kulina no keia e kauia ai. 3—Kaaipua, oia ke kualapa mua loa o ka puu o Puuwaawaa ma ka aoao ma Kona, alaila, iho mai ikai.

4—Hoopili, 5—Paepae, 6—Laue, 7—Kanepoko, 8. Kaluahoolae, 9. Kapuai o Liloa, 10. Na Kaahaloa elua, 11. Na Kaluakoholua elua.

Puni ka puu o Puuwaawaa, a ke nana aku oe, he awaawa maoli no keia puu, a ua pili pono maoli no kela inoa i keia puu o Puuwaawaa no ke owaawaa maoli no ke nana aku oe.

Na wahi Pana malalo aku o ka puu o Puuwaawaa a iho aku ikai a hoea i ke kula a kiei i kahakai o Kiholo.

'Alalākeiki: this was a sleeping cave, and because of the crying of children in this cave, it was called 'Alalākeiki. Keanala'i: there is a great peacefulness within this cave still flourishing until now. This area rises up mountainside of the pāhoehoe lava and the 'ōhi'a trees. Moeaahiahi: this was a sleeping cave. 'Auwaiakeakua: this is a spring upland between Keamuku and Pu'uanahulu.

These are the celebrated places of Pu'uanahulu that we, my dear reader, have seen, and that name, Pu'uanahulu, is quite befitting—the peaks, the ravines, the cliff ledges, and the celebrated places of this land truly are tenfold.

However, the celebrated places of Kekaha Wai 'Ole are not finished. You and I, fellow reader enjoying *Ka Hoku o Hawaii,* shall enjoy more, but to continue your pleasure, remember to give a little sustenance [subscription fees] for our carrier pigeon (*Hoku*), the news bearer of pleasurable pastimes.

Nā Wahi Pana o Pu'uwa'awa'a Pu'u [The Celebrated Places of Pu'uwa'awa'a Hill][69]

1) Maunaomali:[70] this is the inland side of the hill of Pu'uwa'awa'a, with a depression inside, and in that area was a place where corn was planted, and there was a well there.

2) Kahuakamoa:[71] on the Kona side is where a corn garden would be planted.

3) Ka'aipua: this is the first ridge of the hill of Pu'uwa'awa'a on the Kona side and then going down seaward.

4) Ho'opili, 5) Paepae, 6) Laua'e,

7) Kānepoko, 8) Kaluaho'olae,[72]

9) Kapua'iolīloa, 10) The two Ka'ahaloa, 11) The two Kaluakoholua.

Pu'uwa'awa'a Hill is circular, and when you look, the hill is actually lined with furrows, and that name perfectly suits Pu'uwa'awa'a Hill because of its actual ridged form when you look at it.

The celebrated places below the hill of Pu'uwa'awa'a extending seaward until reaching the plains and peering toward the shores of Kīholo.

---

69. The term "Puu" used in the original seems to be more of a geographical qualifier than part of the name.

70. The modern spelling of this place-name is not certain.

71. The modern spelling of this place-name is not certain.

72. The modern spelling of this place-name is not certain.

'Īhale is the grounds where the house of Honorable Robert Hind of Pu'uwa'awa'a stands.

Pu'uoeoe, Kukuianu, Kaukahōkū, Kūkamahunuiākea,[73] Makenaola'i,[74] Kaluakauila, 'Umi'ainaokū, Nāpali, Kukuialuahine, Pāhale, Pānēnē, Malo'oliua, Wiliwilikomo, Wiliwiliwai, Keawelānai, Keanaohonu, Laeo'umi, Kauhalemoeipo, and Wiliokīholo.

Here let us go back to the remaining celebrated places of the Kekaha Wai 'Ole areas, referred to as Kahakaweka.[75]

KA LOKO 'O PA'AIEA
[PA'AIEA POND]

This was a large pond stretching from Ka'elehuluhulu along Mahai'ula all the way to Wawaloli along the 'O'oma divisions, its length being nearly three miles or more and a mile and a half wide.

At Ka'elehuluhulu and Ho'onā were the guard houses, residences of the guards and of Kepa'alani, the main konohiki [land manager] who cared for the storehouses and all of the chief's possessions, and under him were the stewards and the servants of the konohiki.

One day, a rather old woman arrived to the place of the fishing sheds of Kepa'alani, and the people were salting aku fish, since it was aku season in the Kekaha lands, when the lure was cast, and the bait flowed.

When the people saw the unfamiliar woman adorned in a lei of ko'oko'olau flowers, they gave their greetings and so did the visiting woman.

A man by the name of Kapulau spoke, "Are you a newcomer?"

"Yes, but not a complete stranger. I am in fact a local resident but rarely come down here to the shore.

I-hale, oia ke kahua o ka hale o ka mea Hanohano Robert Hind o Pouwaawaa e ku nei.

Puuoeoe, Kukuianu, Kaukahoku, Kukamahunuiakea, Makena-o-la'i, Kaluakauila, Umi-aina-o-ku, Napali Kukui-a-Luahine, Pahale, Panene, Malo-o-Liua, Wiliwili-komo, Wiliwiliwai, Keawelanai, Keana o Honu, Lae o Umi, Kauhale moe ipo, A—wili o Kiholo.

Maanei e hoi hou aku kakou i hope i na wahi pana i koe o na Kekaha wai ole, i oleloia Kahakaweka.

Ka loko o Paaiea.

He loko nui keia mai Kaelehuluhulu aku e pili ana me Mahaiula a hoea i Wawaloli e pili ana me na Ooma, a nona ka loa he aneane 3 mile a oi, a he mile a me hapa ka laula.

Aia ma Kaelehuluhulu a me Hoona na hale kiai kahi e noho ai na kiai a me ke konohiki nui nana e malama na hale papaa a me na mea a pau o kelii, oia hoi o Kepaalani, a malalo aku ona ua a-i puupuu a me na poe lawelawe o ke konohiki.

I kekahi la, ua hoea aku la he wahine elemakule i kahi o na halau lawaia o Kepaalani, a oiai e kapi ana na kanaka i ka i'a Aku, oiai ko kau Aku ia o na Kekaha, e "Hi" ana ka pa, hi ka malau.

I ka ike ana mai o na kanaka i keia wahine malihini ua hele a ohu i ka lei kookoolau, ua haawi mai la lakou i ke aloha, a pela no hoi i aloha mai ai ka wahine ma—lihini,

Pane mai la kekahi wahi kanaka nona ka inoa o Kapulau, Malihini, ae, aka aole no hoi i malihini loa, he kamaaina no, a o ka iho mau ole no hoi i kahakai nei.

---

73. The modern spelling of this place-name is not certain.

74. The modern spelling of this place-name is not certain.

75. The modern spelling of this place-name is not certain and will appear in this form hereafter.

Noho mainei hoi i ka uka maulukua a lohe ae nei hoi i ka piha i'a o kahakai nei a oia ka mea i kiauau mainei i wahi kumupalu ina e loaa mai ana i na lawaia.

Pane mai la o Kapulau, he nui ka i'a a he nui no hoi ka palu, a aia no nae ka mana i konohiki, ka haawi, eohe o makou mana e haawi e hele oe a imua o ke konohiki, aia ke noho mai la, a iaia oe e noi aku ai.

Hele aku la ua wahine nei, a o mea kupaianaha nae i ka nana aku a kela poe he huakai nui e hele ana.

(Aole i pau)

"I live in the upland forest, and because I heard of the abundance of fish here along the shore, I rushed down here to get some fish scraps, if the fishermen should have any."

Kapulau responded, "There is a lot of fish, and a lot of fish scraps, but it is the konohiki who has the authority to give, we have no such authority. Go before the konohiki, he is here, and you must ask him."

So, this woman went, but the strange thing was that it appeared to those folks as though a large procession was moving along.

(To be continued.)

NĀ HOʻONANEA O KA MANAWA [76]
[PLEASURABLE PASTIMES]

KA LOKO ʻO PAʻAIEA
[PAʻAIEA POND]

Upon arriving before Kepaʻalani, this konohiki asked, "Are you a visitor?" "Yes." "From where?" "From above the thick mountain forest.

"I was at home and heard of the abundance of fish here on the shore and came down for a handful."

But, this indifferent konohiki replied, "There is no fish, all of it was taken by the chief's people, and all I do is oversee."

"If all the fish are gone, maybe there are some scraps." "There are no scraps, all has been taken by the chief's people."

"If all the scraps are gone, maybe some morsels of shrimp from the chief's pond." "There is none, no fish can be had, it is all reserved for the chief, so you will get nothing unless the chief grants it, then you will get."

"Well then it's done, and this uplander shall return without even a grain of salt."

The woman stood and headed back, and when she was some ways away, a large group was seen moving along the bank of the pond.

When the woman arrived again to the house of Kapulau, he asked her to stay and eat, and she agreed.

When they finished eating, the hosting couple gave an aku fish to the mysterious stranger of the Kekaha Wai ʻOle districts.

The woman stood and began to make her way back up, but before her ascent, this woman said these words,

"Listen, on this night the two of you should erect a flag behind your house and your grounds here, because one never knows which night will be what they call an 'action night,' and when that night really happens, your signs will be standing."

---

76. An addendum of material about native plants was included under the same title on a separate page for two issues but has been extracted from the publishing sequence and presented at the end of this publication.

NA HOONANEA O KA MANAWA

KA LOKO O PAAIEA

I ka hiki ana imua o Kepaalani, ninau mai la ua konohiki nei. Malihini oe? Ae, maihea mai? Mai uka mai o ka hihiie maulu—kua.

Noho mainei hoi a lohe aenei i ka piha iʻa o kahakai nei, iho mai nei i wahi hauna.

Pane mai la no hoi ua konohiki uahoa nei. Aohe iʻa, ua pau no ka iʻa ina kanaka o kelii, a o ka malama wale iho no kaʻu.

A pau ae la hoi ka iʻa, a o kahi kumupalu hoi. Aohe no he palu, ua pau loa no i na kanaka o ke Alii.

Pau ae la hoi kahi palu, o kahi huna opae hoi o ka loko o kelii, aohe no he opae, aole no he iʻa e loaa ua kapu ia ua kelii uʻhe mea loaa, aia no a na kelii e haawi alaila loaa.

A, ua pau ae la no, a ke hoi nei no ko kouka me kahi wahipaakai ole.

Ku ae la ua wahine nei a hoi a ike kaawale loa ana aku, ike ia aku la he huakai nui okoa no ke hele ana maluna o kuapa o ka loko.

I ka hoea hou ana oua wahine nei ma ka hale o Kapulau, ua aua mai la i ua wahine nei e noho e ai, a ua ae mai la no hoi oia.

I ka pau ana o ka ai ana, ua haawi mai la na kamaaina he Aku i ka wahine malihini hoopaha'oha'o o na Kekaha waiole.

Ua ku ae la ua wahine nei a pii, a mamua o ka pii ana, ua olelo aku la ua wahine nei i keia mau olelo,

I keia po ea, e kukulu aku olua i lepa mahope o ko olua hale a me ko olua pa nei, oiai aole i ike ia aku ka po i oleloia he po hananui, a malia o haoai'o mai ka po, a ua ku ka olua unuunu.

Huli ae la ua hookapubi nei a pii a o ka mea kupaianaha loa, aohe ike ia aku o ka pii ana oua hookalakupua nei nana i ai humuhumu ka loko o Paajea a lilo i pohaku pahoehoe i keia la. Kaua hana o ke "pi" naaupo a kela konohiki puuwai makona.

NA Kaikamahine Pulehu Ulu.

I ka haalele ana aku oua wahine nei ia kahakai o Kaelehuluhulu, ua hoea aku la oia iuka o Manuahi he kulanakauhale keia i ka wa kahiko, a malaila i noho ai na kamaaina o keia mau aina.

I ka hoea ana aku o ua aiwaiwa nei he mehameha pu wale no na kauhale, a he mau kaikamahine elua ke noho ana a e pulehu ulu ana nee. O Pahinahina ka inoa o kekahi a o Kolomu'o ka inoa o kekahi.

A hoea keia a hui me na kaikamahine a ninau koke no.

Pulehu olua i ka olua ulu a nawai e ai? Pane mai la o Kolomu'o, pulehu au i ka'u ulu a na La'i, heaha o La'i, o ko'u akua ia, ae, alaila, he akua mana o La'i? ae, oia ke akua o ko'u mau makua.

Alaila, ninau ae la oia i kekahi kaikamahine oia o Pahinahina, a pulehu hoi oe i kau ulu a nawai?

Na Pele, ae, alaila, o ka kaua ulu ia, ua mo'a.

Aole paha i mo'a, o ka huli ana aela no ia, aole, ua mo'a ke "puhi" nei ka ulu.

Ia hoao ana aku ua mo'a i'o no ka ulu a ai iho la laua a pau, a ninau aku la ua wahine nei, auhea ko oukou hale, aia no mauka loa nei e ku mai la.

A auhea hoi ka hale o kela kaikamahine hookahi no o makou hale, ma kekahi kala no hoi oia me ko'u mau makua. A, auhea kou mau makua? aia aku nei i ko hana poeha a ka hakuaina no ka mahiai ana i ai na kelii.

This caring woman turned to go back up, and the strange thing is that there was no glimpse of the actual ascent of this extraordinary woman who later devoured the pond of Pa'aiea, turning it into pāhoehoe [smooth lava] stone today. This was all on account of the ignorant greed of that hardhearted land manager.

Nā Kaikamāhine Pūlehu 'Ulu [The 'Ulu Roasting Girls]

When this woman left the shore of Ka'elehuluhulu, she arrived inland of Manuahi, a town in ancient times, and it is there that the kama'āina [locals] of these lands lived.

When this mysterious woman arrived, the houses were empty, but there were two girls there, roasting 'ulu.

One's name was Pāhinahina, and the other's was Kolomu'o.

She arrived and met with the girls and quickly asked,

"You two are roasting your 'ulu, but who will eat it?" Kolomu'o replied, "I am roasting my 'ulu, and it is for La'i." "What is La'i?" "She is my deity." "Yeah, so is La'i a powerful deity?" "Yes. She is the goddess of my parents."

Then, she asked the other girl, Pāhinahina, "You are also roasting your 'ulu, and who is it for?"

"For Pele." "Yes, then it is our 'ulu. It is cooked."

"It's probably not cooked," and so she immediately flipped it over. "No, it's done, it's steaming."

On checking, the 'ulu was actually done, and the two of them ate all of it. This woman asked, "Where is your house?" "It is situated way in the uplands."

"Where is the house of that girl?" "We share the same house, she is on one side, and then there are my parents." "Where are your parents?" "They went off to do tax labor for the landlord to farm some food for the chief."

"If your parents return, tell them to erect a flag tonight on the side of the house where you folks sleep."

Dear reader, you might be puzzled about this woman, but it is a true thing, and it is something that the writer must reveal. This woman was none other than Pelehonuamea, the wondrous destroyer of Halema'uma'u Crater.

A flag was erected on the side of the house just as Pele had instructed the girl whose 'ulu they ate as we saw previously.

That very night, the blaze of a fire could be seen on the mountain of Hualālai, at the place called Kawahapele on the northern side of the hill of Hinakapo'ula and the sands of Keone'eli. It was assumed to be a fire set by the 'ua'u bird catchers of the uplands, and later the blaze died and disappeared. Afterwards, the blaze was seen again moving amongst the 'ōhi'a and the 'āma'uma'u ferns at the place called Kaiwiopele, between Pu'ukī and Pu'umāmaki; it was assumed to be a clearing fire set by those who go up to carve canoes.

There, the blaze of the fire grew large, and after a short time it diminished and completely disappeared. Not long afterward, the fire was seen appearing below the hills of Kīleo and 'Akahipu'u near the place called Pakakaualoa.[77]

The lava descended below the earth and emerged below the old road going to Kohala, and there it began to flow like water, and in this flow the lava traveled directly until reaching that house of those girls who had been roasting 'ulu, where one side turned to stone, and the other was spared.

At this point, the people of the shore finally realized that the fire that they had seen above Kawahapele and Kaiwiopele was lava.

The place where the lava emerged was only a small hole still there until this day, on this side of the place of Mr. J. A. Maguire at Hu'ehu'e.

---

77. The modern spelling of this place-name is not certain.

Ina e hoi mai kou mau makua, e olelo aku oe i keia po ea, e kukulu i lepa ma ko oukou kala e moe ai.

E kuu hoaheluhelu ke ha'oha'o nei paha oe no keia wahine, ae he mea oiaio ia, a he mea pono no i ka mea kakau ke hoike aku, o keia wahine, aole ia he mea e ae, oia no o Pelehonuamea, ke kae'ae'a aihumuhumu o Halema'uma'u.

Ua kukulu ia he lepa ma ke kala o ka hale elike me ke kauoha a ua Pele nei i ke kaikamahine nana ka ulu a laua i ai ai o kakou i ike aenei mamua.

Ma kela po anu iho, ua ike ia aku la, ka "a" o ke ahi i ke kuahiwi o Hualalai, ma kahi i kapaia o Kawahapele ma ka aoao akau ae o ka puu o Hinakapoula, a me ke one o Keoneeli, a ua manaoia he ahi na ka poe kono maru Uau o ka uka, a mahope pau ka "a" ana a nalowale a mahope ike hou ia ka a hou ana iwaena o ke ohia nenee a me ke ama'uma'u ma kahi i kapaia o Kaiwiopele, mawaena o Puu-ki a me Puumamaki, a ua manao ia he ahi makawela na ka poe pii kuahiwi a kalaiwaa.

A malaila, ua nui ka a ana o ke ahi a mahope iho ua emi hilii a pau loa a nalowale aole i li'uli'u ua ike ia ke ahi i ka oili ana mai malalo mai o na puu o Kileo ame Akahi— puu ma kahi i kapaia o Pakakaua— loa.

Ua luu mai ka Pele malalo o ka honua a puka malalo mai o ke alanui kahiko e hele ai no Kohala, a malaila, hoomaka e kahe e like me ka wai, a maia kahe ana i hele pololei aku ai ka Pele a loaa kela hale ona kaikamahine puhehu ulu a lilo kekahi aoao i pohaku a koe kekahi aoao.

I keia manawa akahi to a maopopo i na poe o na kahakai he pele ka kela ahi a lakou i ike ai iluna o Kawahapele a me Kaiwiopele.

O kahi i puka mai ai ka Pele a kahe aku ai he wahi puka uuku wale no ia a waiho nei a hiki i keia la, a maanei mai o kahi o Mr. J. A. Maguire ma Huehue.

He mea maikai loa ke banaja keia wabi i puka ai ka Pele, e kukulu i kiahoomanao no kela Pele kaulana loa naia i uhi a pea kela kulanakauhale o Manuhi a me kela loko nui pookela a kaulana loa o Paaiea a lilo i pohaku pahoehoehoe e waiho nei a hiki i keia la, a na hanmana hou e nana aku nei, me ka manao kuhihewa, he pohaku kahiko loa, noia mai ka hookumu ia ana o ke ao nei.

Ua olelo ia ua kahe mai keia Pele ma ka makahiki 1801, a ina oia ka manawa o keia Pele, alaila he 123 ia mau makahiki mai laila mai a hoea i keia la a kaua e kuu hoa heluhelu e hoonanea ia nei e ka kaua Hoku ahonui, ae alakai ana e ike ina mea kaulana a kamahao e waiho mainei ma ko lakou mau moolelo kamahao a ku i ke kupaianaha ke nana aku.

(Aole i pau)

It would be a good thing for this place where the lava emerged to be developed as a memorial for that famous lava flow that completely covered that town of Manuahi and that famous great pond of Paʻaiea, turning it into pāhoehoe stone that remains until this day, lest new students come and look at it, mistakenly thinking that this is old stone from the foundation of the world.

It is said that this lava flow was in the year 1801, and if that was the time of this lava flow, then it has been 123 years from then until this day that we, dear fellow reader, are being entertained by the patient *Hoku* newspaper, which shall guide us to know the famous and fabulous things that exist in the clearly wondrous and amazing stories about them.

(To be continued.)

NĀ HOʻONANEA O KA MANAWA
[PLEASURABLE PASTIMES]

NĀ KAIKAMĀHINE PŪLEHU ʻULU
[THE ʻULU ROASTING GIRLS]

The lava flowed until the pond of Paʻaiea was destroyed, which really taught a lesson to Kepaʻalani, that rude and hard-hearted konohiki of exceptional stinginess.

Pele's destruction spread until the surface of the pond was covered, turning it into pāhoehoe [smooth lava] with all the water having disappeared. Only the pāhoehoe remains, spread out like a mat with a length of nearly three miles and a width of nearly a mile and a half.

That ʻaʻā pele [rough lava] that still remains from Kaʻelehuluhulu all the way to Wawaloli was this pond Paʻaiea, and if you should go, dear friend of the *Hoku,* and tour the boundaries of this pond that turned into pāhoehoe, you will realize the actual size of this pond once filled with the delicious ʻanae, awa, and āhole fish in those days.

It has been said of the canoe fleets of the Kekaha districts traveling to Kailua and beyond, perhaps to Nāpoʻopoʻo and the lands there, that it was through this pond that they would sail, landing on the far side, then carrying each canoe into the sea to sail for the Kona districts.

The reason it was done that way is because it was smooth sailing within the pond, since the ʻEka wind would blow from ahead, the body would not tire from paddling. With the flowing current and some strong paddling, one would come out on the other side of Keāhole Point, then sail on to the Kona districts.

PŌHAKU ʻO LAMA
[LAMA ROCK]

This is a rock that is in the sea, but located on a dune of sand where the sea crashes. It is a round rock, and its body is large, but one amazing thing about this rock is this:

Aia i ka wa e ma'i ka wahine i ka ma'i wai makaolehua,'' oia ka wa e ike ia ai ka ula o ke kai a puni keia pohaku me he koko ela, a he mau la e ula ai ke kai, alaila pau ka ula ana a hoi no a like me ka mau.

Ua oleloia he wahine ke'a pohaku a i ka wa e mai wahine ai, alaila, e ula ana kela wahi a puni kela pohaku, a kaua e ka mea heluhelu o ka Hoku o komo iho ai na manao kahaha no keia ano kamahao o na heawina kupaianaha o na mea kino ole ole a ke Aku i hana ai a waiho mai i mau mea na kakou e nconoo ai a boomanao aku ia Ia.

Ina he kaualua kou e kuu hoa-heluhelu, e niuau oe ia John Kaele-makule Sr. e noho nei ma Kailua, oiai, oia ke keiki kupa a kamaaina oia kaba, a e loaa no kekahi hoike mai a ia mai a pau kou kanalua no keia pohaku.

KUUNA-A-KE-AKUA

He like ole na mahele e pili ana no keia wahi, aka, o ka paanaau i ka poe kahiko a kau mai ina mamo a lakou a mai a lakou mai a ina pua o keia la, a oia mau maawe like ole ua hooponopono ka mea kakau e moe kahi ka nee ana.

Ua oleloia he kuuna keia i ka wa kahiko o keia mau aina o na kekaha e au pu ai kanaka me ke Akua ke hele i ka upenakuu, o ka po, e kuhihewa ana oe o kou hoa no keia e au pu nei me oe, eia nae, aole ia, he debolo nae.

Ke na-i aku oe i ka upena a pae iuka, aohe hookahi wahi i'a o ka upena.

O ke kiwi o ka upena kau e ike ana, a ina oe e lou aku ana e ike ana oe i ka weli o ke kai e lalapa hele ai me he ala he uwila.

No ka hana mau o na Jebolo, ua nui ka ukiuki o na poe lawaia npeeakuu i ka hana mau ia o lakou pela, a hoabolo iho la kekahi kana-ka e kii ia Puniaiki i Kohala, oiai, na kaulana o Puniaiki no ka pau o ke Akua i ka pepehi ia eia.

In times when the woman endures the "waimaka o lehua" [tears of lehua—menstruation], redness can be seen around this rock, like blood. The sea will be red for days, and then it goes away, returning to its norm.

It is said that this rock is a woman, and when she menstruates, the sea will turn red all around the rock, thereby allowing us, reader of the *Hoku*, to enter into the remarkable thoughts concerning the wonders of these amazing non-living forms that God has made and left here by which we are to consider and remember Him.

If you have any doubt, my dear reader, ask John Ka'elemakule Sr. living in Kailua, as he is a native and a local of that area, and you will find proof from him that will end your doubt concerning this rock.

KU'UNAAKEAKUA

The versions of stories concerning this place differ; however, the memorized stories of the people of old have passed down to their descendants and from them to the generation of this day, and those differing strands have been rearranged by the writer to smooth out their progression.

It is said that this was a fishing ground in the old times of these areas of the Kekaha districts where one might swim together with spirits. When going to set a net at night, you might mistakenly think that this was your friend swimming with you, but no, it would be a devil.

When you pull up[78] the net and come ashore, there would not be a single fish in the net.

A fold in the net is what you might see, and if you were to dive, you would see a glow in the sea, flashing here and there like lightning.

Due to the ongoing interference by the demons, the net fishermen grew annoyed at always being pestered like that, so one man decided to summon Puniaiki in Kohala, since Puniaiki was renowned for having killed such spirits.

---

78. This usage of the word "na-i" is not mentioned in Hawaiian-language dictionaries, but this interpretation, "pull up," was derived from Pukui and Elbert's *Hawaiian Dictionary,* which lists "to strive to obtain" as a definition. See Mary Kawena Pukui and Samuel H. Elbert, *Hawaiian Dictionary: Hawaiian-English, English-Hawaiian,* rev. enlarged ed. (Honolulu: University of Hawai'i Press, 1986).

When this man reached Kohala, he asked for the place at which Puniaiki lived, and the house was pointed out to him. He then went to meet Puniaiki and tell him of his journey and the reason for which he came to fetch him (Puniaiki).

"Tomorrow, we shall go, for today is already dark, but our task for today is to make a net for us to snare the spirits," said Puniaiki.

The visitor replied, "Huh? There are plenty of nets heaped up at my house, why do we need another net to make more work for ourselves?"

"There may be plenty of nets, but they are of no use, which is why you haven't snared or killed the spirits in those nets," Puniaiki replied.

This was true. They worked on the small-mesh net until it was done and put it into the fishing container so that those wastrels of the night would not know, and the next day they went along the shore to Kai'ōpae, found a canoe that was sailing to Kekaha to fish for 'ahi, and boarded the canoe to land at Makalawena.

When they landed, Puniaiki told his local friend that he was not to discuss anything about him (Puniaiki).

He was also not to say that he went to Kohala to fetch Puniaiki and that the name that he was to call him was Kalepeamoa, referring to the smooth baldness of his hairless head, as shiny as the wooden calabashes of the chief.

Thus, that peninsula adjoining "Ku'unaakeakua" was called Kalepeamoa.

The main types of fish in that area that could be netted were palani mahao'o, pualu, kole nuku heu, weke lā'ō, and the mamali, namely the young 'ō'io.

I ka hiki ana ona wahi kanaka nei i Kohala, ua ninau aku la keia i kahi i noho ai o Puniaiki, a kuhikuhi ia mai la jaia ka hale a hele keia a bui me Puniaiki, a boike aku la no kana huakai a me ke kumu oia kii ana mai ona iaia (Puniaiki.)

Apopo kaua hele, ua po keia la, a o ka kaua hana o keia la en, o ke "ka" i upena kuu na kaua e hoohei ai i ke "Akua wahi a Puniaiki.

Pane aku la kahi kanaka malihini. Ka? He nui ka upena ma ko'u hale e ahu ala, a i upena aha aku hoi ia e hoonui hana ai.

He nui upena wale iho no pahu, aohe waiwai, a oia no ka mea i hei ole ai ke akua a paa i ka upena a make hoi pahu i pane ania i o Puniaiki.

He oiaio, ua hana iho la laua i ka upena naemakalii, a paa, a hoo iloko o ka bokeo lawaia, i ole e ike ua poe lapuwale nei o ka po, a ao ae haele mai la laua nei ma kahakai mai a hoea i Kaiupae, loaa he waa e holo ana i kekaha i ka lawaia ahi, a kou laua nei ma ka waa a pae i Makalawena.

I ka pae ana no, kamailio aku la o Puniaiki i kahi kamaaina ona, aole loa oia e kamailio iki ma na ano a pau o pili ana nona (Puniaiki.)

Aole hoi e olelo ua hele oia i Kohala e kii ai ia Puniaiki, a o kona inoa ana e kahea aku ai o Kalepeamoa, no ka ohule a nemonemo o ke poo aohe lauoho, ua like me ka ipu laau a kealii ka hinu o ke poo.

Pela i kapaia ai kela wahi olae e pili ana me "Kuuna a ke Akua" o Kalepeamoa

O ka ia nui o keia wahi e upena kuu ia ai, o a ka Palani-mahaoo, ka Pualu, ke Kolenuku-heu, kawekela'o, a me ka mamali, oia ka oio lillii.

I ke kamaaina ana iho o Puniaiki a o Kalepeamoa hoi e kahea mau ia uei e na kanaka ia mau la o na kekaha, ua kamailio aku la keia i kahi kamaaina ona e hoomakaukau i na upena kuu no ia po iho e hele ai e kuu me na kapeku no hui i a'oa'o ia oia hoi, aole e au aku i kai mauka wale no e hoopahu ai a o Puniaiki me ka upena ana ke au i kai. Oia hele ko lakou a kahi e kuu ai ka upena, ua olelo aku la o Puniaiki ina kapeku.

E moe na kapeku a pau o ke ao, a o na kapeku o ka po ke au pu me a'u i ke kuuna, aia nae a hokio mai au, alaila au ae pakahi, a hopio hou mai au no ae palua a pela aku ana, aia no a pau loa na kapeku o ka po i ka au ae a hui me a'u alaila, au ae na kapeku o ke ao a na-i-li-ke mai i ka upena, a me ka ia.

A nolaila, e makaukau na ka— peku a Kalepeamoa e au a e kali a hokio mai au, a o ka wa ia luu ae ai a loaa au.

Hele ku aku la o Puniaiki a ke ike nei oia i na poe eepa nei, oia au koianei a lewa e ku ole iho ai ilalo, a hokio mai la, a o ka lele aku la noia a kekahi wahi akua a poholo ana iloko o ka upena nae makalii a paa loa a lumai ia ihola a make.

Hokio hou mai la no keia a lele aku la no kekahi lapuwale hou, a pela aku a pau he elima kauna oua puulu debolo nei a ua like ia me 20 ka nui o ua poe lapuwale nei o ka po, a oia ka wa a Puniaiki i kahea mai ai ina kapeku ana i hoonoho ai e au aku me ka upena, a oia ka wa o na poe kapeku i au aku ai a kuu i ka upena a na'i aku la iuka a o ka lakou i'a oia ua poe auwana nei o ka po, ua pau i ku make, a oia ka mea i kapaia keia kuuna o ''Kuunaakeakua'' no ka hei ana i ka upena a Puniaiki. Me ka ike ole oua poe ino lapuwale nei o Ka- puualii, o Puniaiki keia ohule pa— hukani nemonemo e hinuhinu nei iloko o ke kai.

Once Puniaiki became acquainted with the people of Kekaha in those days as Kalepeamoa, he told his local friends to prepare the net for that night, so as to go out, lay the net, and herd [the fish], cautioning them not to swim far seaward, but only to make pounding noises on the side toward the shore while Puniaiki would swim out with the net. They were to continue the noise making until reaching the place where the net was set, said Puniaiki to the splashers who would herd the fish.

"All of the splashers of the day are to rest, and the splashers of the night are to swim out with me to the fishing grounds, but when I whistle, one should swim out [toward the net], and when I whistle again, two should swim out, and so forth. Once all the night splashers have swam out with me, then the day splashers are to swim and all work together to pull in the net with the fish.

"Therefore, the splashing herders of Kalepeamoa should be prepared to swim and wait until I whistle, and when I do, to dive down and find me."

Puniaiki waded out and he saw the strange beings. He continued to swim out until he was floating, no longer standing below, and whistled, and then a spirit leaped and dove into the small mesh net, got stuck, and drowned.

He whistled again, and another mischievous spirit leaped, and it went on like that until five kauna of devils were dead, equivalent to twenty of these mischief-makers of the night. That is when Puniaiki called the daytime fish herders [humans] that he had arranged to swim out with the net. Those herders then swam out and loosened the net, pulling it together toward the shore, and their fish were those wanderers of the night, all dead. That is the reason that this fishing ground is called "Ku'unaakeakua," because of the snaring in the net of Puniaiki. These evil mischief-makers of Kapunali'i did not know that this smooth-as-a-drum bald head shining in the sea was Puniaiki.

In another strand of the story, that being the tale of Kamiki, it was at this very place where the leader of the spirits from the dual-facing cliffs of "Heha Waipi'o i ka Noe" [Waipi'o, Languid in the Mist] was released. Those spirits were the main officers of Luanu'uanu'upō'elekapō, they being Lawelawekeō,[79] Hinaiukanananu'u, Hinaikainananu'u, and He'o, who was the one that escaped.

These leading spirits of Luanu'upō'elekapō were killed, taken, and tossed at this place, and that is perhaps why it is called Ku'unaakeakua until this day that you, reader, enjoy these things that amaze and startle the minds of the new generation that is growing up in this current time of young Hawai'i.

(To be continued.)

A ma kekahi maawe moolelo hoi, oia ka moolelo o Ka—Miki, ma keia wahi no i hookuu ia ai ka luna o ke akua o na pali alolua o Heha Waipio i ka Noe, o ia na luna nui a Luanuu-a-nuu-poe-lekapo, oia hoi o Lawelawe-ke-o, o Hina—i-uka-nananuu, a me Hina-i-kai nana-Luu, a o He-o kai pakele aku.

Ua pepehi ia no keia mau akua Ilamuku o Luanuupoelekapo a laweia kuu ma keia wahi a pela no paha i kapaia'i o Kuunaakeakua a hiki i keia la au e ka mea heluhelu e nanea iho ai i keia mau mea kamahao a hoopuiwa noonoo o ka hananua hou e ulu aenei o keia au e nee nei o Hawaii opio.

(Aole i pau)

---

79. The modern spelling of this name is not certain.

NĀ HOʻONANEA O KA MANAWA [PLEASURABLE PASTIMES]

HE PUʻU ʻO KUILI
[A HILL CALLED KUILI]

This hill is located near the shore between Makalawena, Awakeʻe, Maniniʻōwali, and the Kūkiʻo districts.

This hill is beautiful to see for it is this sweet garland of song.

"There at Kuili is a trembling. Let's go off to eat until sated."[80]

If you are at sea and you turn to look at Kuili, you will see that it soars like a bird. The writer remembers this ʻāhihi garland:

> "Beloved is Kaʻuiki,
> Jutting out to sea,
> Like a bird,
> Flying."

NŪHEʻENUI[81]

This is an adjacent hill inland of Kuili, and it is said that this is a woman and that Kanakaloa, a long rock alongside Nūheʻenui, is a man.

This rock has been a marker for a fishing spot called Kahoʻowaha until this day. Puʻunāhāhā, Pūmanu, and Kepuhiapele where the girls roasted ʻulu are high lava rock hills standing below the place of Mr. Maguire.

KA PUʻU ʻO ʻAKAHIPUʻU
[ʻAKAHIPUʻU HILL]

This is a large hill standing inland of J. A. Maguire's place, and the highest point of that hill is the place called ʻAkahipuʻu.

This hill had a story in old times: the menehune, the legendary little people, wanted to dig out the topmost point of this hill, lift it, take it, and place it on that other hill, Kuili, that stands along the shore.

So, all these supernatural beings decided to go and dig this hill, and with this joint intention of the menehune, they went to dig. As they were digging the topmost point, the rooster crowed, and the menehune thought that daybreak had come, so they stopped digging on the first night.

---

80. These same lyrics are in a song related to an area near ʻAʻala park on Oʻahu.

81. According to locals in the area in 2018, the hill called Nūheʻenui throughout this story is likely the hill called Mūheʻenui today.

On the second night of digging, the rooster crowed again, and these supernatural beings believed dawn was coming, but it was only the first rooster,[82] yet they stopped digging for they wanted no one to witness the digging and lifting of this peak and its repositioning atop Kuili Hill.

Due to the repeated interruption of their plan, it became an annoyance for these supernaturals, and they decided to go and kill the rooster that was thwarting the plan they had formed to ensure that their goal could progress successfully and become a memorial that would make them famous to all generations.

So, they sent three of their group by the names Pahulu, he being the chief of the supernaturals, Kuhulukoe, their executioner, and Nāhulu, the messenger.

When their plan was finalized, these supernaturals went to capture this unbelievably mischievous rooster. Here, the writer shall clarify some things concerning this rooster. This rooster was a supernatural rooster named Moanuiākea,[83] and his place of residence was inland of the towering ʻōhiʻa forest, a hill called Moanuiākea until this day that we, dear reader, enjoy our bright *Hoku*.

Below this hill is a water cave, and in this cave is where this rooster always resided; it was his home, and there he would sleep, guarding that water so that it would not be fetched by menstruating women.

It is said that the one to whom this rooster belonged was Kāne and that it was he who set him there to guard against the menehune to ensure that the efforts they intended would not succeed and become something to bring them renown from one generation to the next.

---

82. Many Hawaiian-language accounts refer to the three rounds of rooster crowing in the span of the night, around 2:00 a.m., 4:00 a.m., and 6:00 a.m. Like a nightly clock, they are known as the first, second, and third rooster.

83. This name appears with various spellings throughout this account. "Moanuiākea" is the version that appears most frequently and is used here. Map resources, however, show "Moanuiahea."

I ka lua mai o ka po o ka eli ana, ua oo hou mai la no ka Moa, a manao nui iho la ua poe Akua nei ke hele aku nei e ao, a o ka moa kuakahi no hoi ia, a booki no ka eli ana, oiai, aole i make make ia e ike ja ka eli ana a hapai i ua puu nei a kukulu i luna o ka puu o Kuili.

Mamuli o keia hookuia mau ia o ka lakou mau papahana ua lilo ia i mea hoonaukiuki loa i ua poe Akua, nei, a hooholo iho la lakou e kii e pepehi i kela moa nana e hoohoka nei i ka lakou papahana i manao ai e holopono ke lakou mea i makemake ai i kiahoomanao na lakou e kaulana ai lakou i na hanauna apau.

Nolaila hoouna aku la lakou he ekolu mau akua no lakou na inoa oia hoi o Pahulu, oia kelii o na Akua, a o Kuhulukoe, oia ka Ilamuku o lakou, a me Nahulu ke elele lawe olelo.

A holo keia manao ia lakou' ua hoomaka aku la ua mau akua nei e pii no ke kii ana e hoopu i ua moa nei a ke kolohe nui wale Maanei e hoakaka aku ka mea kakau no keia moa. O keia moa, he moa akua no hoi keia a nona ka inoa o Moananuiahea, a o kona wahi i noho ai aia iuka o ka nahele ohia loloa a he Puu no hoi ia nona ka inoa i kapaia no o Moanuahea, a hiki i keia la a kaua e hoonanea nei e kuu hoa heluhelu o ka kaua Hoku olino.

A aia malalo mai o keia puu he ana wai a maloko o keia ana e noho mau ai kela moa, a o kona hale no hoi ia a malaila no hoi oia e moe ai i no ke kiai ana i kela wai i ole e kii ia e na wahine maʻi wahine.

O ka mea nana keia moa ua olelo ia na Kane, a nana no e hoonoho ilaila no ke kiai ana i na menehune iʻole e lanakila ka lakou mau hana e manao ai e lilo i mea hookaulana aku ja lakou mai kahi hanauna a i kahi hanauna.

E hoi hou aku kaua a nana aku ia Pahulu a me kona mau ukali, e kii ana e hopu a kalua i ua moa nei oiai, ua hooholo ia e make keia moa, alaila, holopono ka lakou mea e hana ai.

I ka hoea ana o Pahulu ma iluna o ka puu a kali o ke kani hou mai oua moa nei oia ka wa o ka manu Elepaio e kani olehala ana no ke kokoke aku i ke ao, a ke uwe hone maila hoi ka leo o ke Kahuli-pili-ai o ka waonahele alu o ka leo Hone o.

''Piano-ahiahi,
Hoa aloalo o ke kuluaumoe,

I ke kokoke ana aku i ke ao ua oo mai la ua moa nei, a lohe ua mau akua nei, ua hele pololei aku la lakou a hopu ia iho la o Moa-nanuiakea a lawe ia aku la a pepe-hiia a make, a ma ke kolu mai o ka po i eli hou ia i ua puu nei, ua kalua ia iho la ua moa nei ma lalo aku o kahi o ka puu e eli, ia nei e ka menehune, a aia no kela imu moa ke waiho nei malaila a hiki mai i keia la.

Ua hele ae la ua wahi kiekie nei oluna o ka puu e puali a e hele aku ana e moku a kaawale oluna a kaawale no hoi olalo, a oia ka wa e hapai ai a kau iluna o Kuili-o-ka naueue.

Oiai ua poe eepa nei e noke ana i ka eli, e ake ana e moku mamua o ka mo'a ana o ka imu moa, i uka o ka ohia iluna o ka puu o Moanuiakea.

Hooho ae la ua poe Menehune nei, aia no ka he moa hou, pehea la oukou i ike ole ai a noke iho la lakou i ka hoopaapas, a oia ka wa i kii nui aku ai e hua'i i ka imu moa a lakou i kalua ai.

I ke kii ana aku, aohe moa, o ka imu ke waiho ana, a o ke ''aa'' o ka imu ua kaia ia a lele liilii io a io a ia nei.

Piha loa na menehune i ka uki-uki no keia hoohoka ino ia ana o lakou, a ko ole ka lakou mea i ma-nao nui loa ai i mea nana e hoo-kaulana ia lakou.

Let us return and observe Pahulu and his attendants as they attempt to seize and bake this rooster, since it had been determined that this rooster should die, where-upon their project would progress successfully.

When Pahulu and his team reached the top of the hill to wait for this rooster to crow again, the ʻElepaio bird was singing cheerfully for the approaching dawn, and the voices of the tree snails of the distant forest were trilling sweetly, softly saying,

"Evening piano,
Companion of the midnight hour."

When it was near dawn, this rooster crowed. These supernaturals heard, and they went straight away, and Moanuiākea was captured, taken, and killed. On the third night that this hill was being dug, this rooster was baked below the area of the hill that was being excavated by these menehune, and that imu moa [chicken oven] remains there until this day.

The highest part of the hill top was being sev-ered until the upper portion was separated from the lower, at which point it was lifted up and placed on Kuiliokanāueue.

These strange beings continued to dig, wanting it to be separated before the rooster was cooked in the imu moa inland of the ʻōhiʻa on the hill of Moanuiākea.

Then these menehune shouted, "There is another rooster, how did you folks not know?" They argued, and then they all went to uncover the imu moa in which they had baked the rooster.

When they did so, there was no rooster, the imu was all that remained, and the stones of the imu were scattered about.

The menehune were infuriated that they had been thwarted and that their desire for something to make them famous was not realized.

It was true that Moanuiākea was alive again, since Kāneikawaiola knew that this rooster had been killed and revived him. Due to the resurrection of Moanuiākea, the menehune stopped digging 'Akahipu'u, and this place that the menehune dug, making a groove around the hill, remains until this day in which the new generation may visit some of the amazing features made by the people called menehune of olden times.

After this digging, Kaleikini, one of the supernaturally strong heroes, came and thrust a kauila tree onto it, securing the hill, perhaps so that the menehune would not try to dig it again.

That kauila tree stayed there until the time that Jos. Emerson came to survey the homestead lands. They removed the kauila that Kaleikini had thrust deeply into the dirt nearly nine feet deep, and one can recognize that Kaleikini was a warrior of unmatched strength, his supernatural power making him even stronger.

If anyone wishes to see this place that was dug and grooved by the menehune, they can go and witness it by going up to Mr. Maguire's compound and then climbing up the hill.

The appearance of this hill is beautiful now; it has been densely forested with eucalyptus and pine trees, and it is an unforgettable memorial for Mr. J. A. Maguire that continues on since he has retired from the labors of this world and has lain down in motionless slumber in peace and repose. This pen gives thanks and great praise for the good things that he has built so the new generation can recall the works that his hands have made and that still proudly stand.

(To be continued.)

NA HOONANEA O KA MANAWA

HE ANO O MAKALEI

He ana keia aia ma ka aoao hema o ka puu o Akahipuu, a malaila i noho ai kekahi kanaka o Ko'amokumoku-o-bueia, mai Koolau mai kona hele ana mai a noho ma keia wahi, ma ke ano he malihini.

A i kona noho ana ma keia wahi me kona ohana, oia kana wahine nona ka inoa o Kahaluu, a me kana mau kaikamahine elua a me kahi keiki kane nuku nona ka inoa o Makalei.

A no keia keiki ka inoa i kapa ia ai ka inoa o keia ana o ke ano o Makalei a hiki i keia la.

I ka noho ana o keia kanaka ma keia wahi ua hoomaka oia e mahiai i ke kalo, ka uala, ka maia ke ko a me ka awa hele a hewa i ka wai ke nana aku.

Hele mai la na kamaaina a olelo mai la iaia nei. O ka pilikia o keia aina la o ka wai, he aina wai ole keia a aia kahi wai la iloko o ke ana e kii ai, a eia nae, he kapu na kaulana wai o keia wahi aole e hiki ia oe ke kii malu, ina e loaa ana oe e make ana oe i ka mea nona ia kaulana wai.

A lohe o Ko'amokumoku-o-heia i keia olelo a na kamaaina lilo iho la ia i mea nana e noonoo nui ai i kahi e loaa ai o ka wai nona a me kona ohana, a noia mea ua hana iho la oia he pa o wai nona, a ia ka wa o ka ua e hoi mai ai ua hoopiha ia na bana a piha i ka wai a malama ia iloko o na pa-o.

NĀ HOʻONANEA O KA MANAWA
[PLEASURABLE PASTIMES]

H E Ana[84] ʻo Mākālei
[A Cave Called Mākālei]

This is a cave on the south side of the hill of ʻAkahipuʻu, and it was there that a man named Koʻamokumokuohuʻeia[85] stayed, having come from Koʻolau to spend time in the area as a visitor.

During his stay at this place, he was with his family, they being his wife whose name was Kahaluʻu, his two girls, and one small son whose name was Mākālei.

It is from this boy that the cave gets the name Mākālei Cave, by which it is known until this day.

While this man stayed here, he began to farm kalo, ʻuala, banana, sugarcane, and ʻawa, which all seemingly needed water.

The kamaʻāina [locals] came and told him, "The problem with this land is the water, that land having none, but there is water in the cave to fetch; however, the water spots of this area are forbidden. You cannot fetch water secretly, for if you are caught, you will be killed by the one to whom that water source belongs."

When Koʻamokumokuoheia heard these words of the kamaʻāina, it made him think seriously about where to obtain water for himself and his family. Because of this, he made a catchment for himself so that when the rains returned, the receptacles would be filled, and the water would be kept in the catchment.

---

84. "Ano" (nature, kind) is used repeatedly throughout this article in what seems to be a typesetting error for "ana" (cave). It is interpreted here as "ana" because the site described is a cave.

85. This name appears in three variations within the article, all of which are used here.

While he and his family were staying there, one day the boy went to relieve himself in a ravine behind their house, and as he was tossing the old waste into a nondescript hole, wind rose up from within this pit. Mākālei turned and carefully inspected it and saw this deep dark cavern.

This boy had no fear, however, so he stood and went to where his father was farming and said,

"I went over there to relieve myself, but there was a lot of wind coming from within that pit; perhaps it is a wind tunnel."

"Where?" the father asked. "It's below," and immediately the father went to look.

When Koʻamokumokuoheʻeia reached there and the rocks that sealed the hole were dislodged, he saw a large cave within, and wind was blowing out from it as if it were from the mountains.

He turned and said to the boy, "We have found our water source for life in this waterless land, and I shall make a pit elsewhere as a place for our waste."

The mouth of the cave was then worked on so that there was still a place for them to relieve themselves, while another side of the entrance was fashioned so that a person could enter.

No local had seen this cave, and he did not tell his wife or mention it again to his son. He completely refused to reveal information concerning this cave.

Oiai e noho ana lakou me ka ohana a i kekahi la, ua hele aku la kahi keiki e hoopau pilikia ma kekahi baalu mahope aku o ka hale o lakou, a iaia e hoolei ana i ka lepo kahiko ma kekahi, wahi lua ano ole, oia hoi pipii mai la ka makani mailoko mai o ua wahi lua nei, a huli ae la o Makalei a nana pono iho la a ike iho la i keia wahi lua hohonu i ka pouli uli ae.

Aole nae be makau mai ona wahi keiki nei a ku ae la oia a hele aku la i kahi a ka makuakane e mahiai ana, a olelo aku la.

Hele aku nei au mao ae nei e hoolepo, ai, eia ka mea apiki, nui ka makani mailoko mai o kela wahi lua, he lua makani paha kela.

'Ai mahea i ninau mai ai ka makuakane, aia malalo aku nei, a o ka nele mai la noiia o ka makuakane e nana.

I ka hele ana mai o Koʻamokumoku-o-heeia a hiki malaila a wehe ia ae la na kipapa i paa ai ka puka a ia wa oia i ike iho ai he ana nui aku o loko a e pii mai ana ka makani wehe ala mai ke kuahiwi mai.

Huli ae la a olelo i ke keiki loaa iho la ko kaua kaulana wai o ka noho ana o keia aina wai ole a e hana aku au i lua no ko kakou wahi e hoolepo ai.

Ua hana ia iho la ka waha ona ana nei a maikai a malaila mau ko lakou hoolepo ana, me ka hana ia o kekahi aoao o ka puka a maikai e kupono ai ke kanaka ke komo.

Aole kamaaina i ike i keia ana, a aole no hoi i ha'i aku i ka wahine a me ke kamailio hou aku i kahi keiki ua ana loa oia i ka hoike ana no na mea e pili ana i keia ana.

84

I kekahi la, ua komo aku la oia iloko ona ana nei a ike iho la he ana nui akea loa hiki ke hele ku me ke ku ole ae o ke poo i ka paia o luna, a e iho makawalu ana na kulu wai o ke ana mai-luna iho, a hooholo iho la oia e hana i mau waa ohia a me na waa wiliwili.

I ka po oia e kii ai i ka wili-wili a auamo a komo iloko o ke ana a iloko no oia o ke ana oia e kalai ai a loaa ka waha o ka waa wiliwili wai, a o ka ohia i wae na mahiai no e kalai ai a auamo iloko o ke ana. Hele oloko o ua ana nei a olokea i na waa wiliwili a me ka ohia nole i kana mai ua wea he waa wai o ka noke ana hele a olokea.

I ka hoi ana mai o ke kau pa-paala, o na aina nei elike me ka maa mau, aohe ainei hana e ae o ka mahiai wale no, ua nui ka wai aohe pilikia ana i ka wai.

I ka po keia e kii ai i ka wai a piha na haona a me na olo a piha ke pa-o a o ka wai no ia e inu ai a hala he mahina a pela aku ana.

O ka baua a kamaaina o ka hoohuoi i kahi e loaa nei o ka wai o keia poe, oiai, aohe ike ia o kahi o ka wai e loaa ai, a ua nui ko lakou kamailio no ka wai o keia kanaka malihini.

Eia no kela ana ke waiho nei a o kahi puka e komo ai he uuku wale no, a ua hanaia nae a kohu puka hale, a maloko aku he akea loa a kiekie no hoi na paia.

I ka noho ana iho nei o Maguire ma Huehue, ua kukulu ia he pahu wai nui iloko o na ana nei a hoo-moe ia ke paipu mai loko mai o ka pahu a puka i ka hale, no ka makemake e loaa ka wai hu'ihui i like aku me ka wai hau, a ua hanaia no hoi he mau apana pi-ula maluna o ka pahu i nui ka wai e komo iloko o ka pahu

One day, he went into the cave and saw that it was a very vast cavern in which one could stand without his head hitting the wall above, and the water drops of the cave were spilling down from above. So, he decided to build troughs out of the wood of 'ōhi'a and wiliwili trees.

At night, he would get wiliwili wood and carry it into the cavern where he carved it to make the mouth of the water trough. As for the 'ōhi'a wood, he would carve in the cultivated fields and carry it into the cavern. The inside of the cavern became lined with wiliwili and 'ōhi'a troughs so abundant that they formed a grid.

When the season of drought returned as usual, there was nothing else for him to do but farm. There was a lot of water, so he had no problems with water.

At night, he would fetch the water filling the small receptacles and long gourds. The catchments were filled, and this would be the drinking water for a whole month, and thus it would continue on.

The kama'āina were suspicious of the place these people were getting water, since their source of water was not known, and there was much chatter among them about the water of this newcomer.

This cavern still remains there, and the one entrance is small but is made like a house door, the inside being broad with high walls.

When Maguire was living at Hu'ehu'e, a large water tank was built inside this cave, and pipe was laid from the tank to the house, wanting to get that cold water, like ice water, and several pieces of corrugated tin were arranged above the tank to ensure that a lot of water would go into the tank.

There is a long and beautiful story for this boy, Mākālei, and his father, and if the writer has the time to write about this heart-stirring tale, then Mākālei, the person after whom Mākālei Cave was named, will be made known.

Here we shall list the famous storied places of these ahupuaʻa, from the shore up to the peak of the Hill of Hualālai, using the names they were called by the people of old.

1. The hill called Kīleo,
2. Kaʻaiʻalalauā,
3. Kapuʻukao,[86]
4. Pahulu,
5. Moanuiahea,[87]
6. Puʻumāmaki,
7. Puʻuiki,
8. Puʻukoa,
9. Kaiw[i]opele,
10. Puʻuuhinuhinu,
11. Kahuaiki,
12. Kamāwae,
13. Hikuhia, in the uplands of Nāpua,[88]
14. ʻUaʻupoʻoʻole,
15. Nāhaleokaua,
16. Kīpuka Oēoē,
17. Pūʻalalā,[89]
18. Kawahapele,
19. Keoneʻeli,
20. Hinakapoʻula,
21. Kalūlū,
22. Nā Puʻu Māhoe,
23. Kumumāmane,
24. Kaluamakani,
25. Pohokinikini,
26. Hopuhopu,
27. Kīpāheʻe,[90]
28. Hanakaumalu,
29. Honuaʻula Hill,
30. Hainoa Hill,[91]
31. The summit of Hualālai and Kaluaomilu,
32. Kīpāheʻe,
33. Makanikiu Hill.

---

86. The modern spelling of this place-name is not certain.
87. "Moanuiākea" is the version of the name that appears most frequently throughout the narrative. See footnote 83.
88. While the original text spells the place-name "Napua," it is assumed to be a misprint of "Napuu."
89. The modern spelling of this place-name is not certain.
90. The modern spelling of this place-name is not certain and will appear in this form hereafter.
91. The modern spelling of this place-name is not certain and will appear in this form hereafter.

He moolelo ui ko keia keiki o Makalei ame kona makuakane, a he moolelo loihi no hoi, a ina e loaa i ka mea kakau ka manawa e kakau ai no keia nanea hoonipuuwai, alaila, e ike ia no o Makalei, a o ka mea nona ka inoa o keia ana i kapai'ia o Makalei. ana.

Maanei e helu papa ana kakou ina wahi pa-na kaulana o keia mau ahupuaa, ma i kai aku nei a hoea i ka piko o ke Kuahiwi o Hua. lalai. Ma ko lakou mau inoa i ka paiaai e ka poe kahiko.

1. Ka puu o Kileo,
2. Kaaialalaua,
3. Kapuukao,
4. Pahulu,
5. Moanuiahea,
6. Puumamaki
7. Puuiki,
8. Puukoa
9. Kaiwopele
10. Puuuhinuhinu,
11. Kahuaiki,
12. Kamawae,
13. Hikuhia, i ka uka o Napua,
14. Uau pooole,
15. Na hale o Kaua,
16. Kipuka o Oweowe
17. Pualala,
18. Kawahapele,
19. Keoneeli,
20. Hinakapoula,
21. Kalulu,
22. Na puu Mahoe,
23. Kumu mamane,
24. Kaluamakani,
25. Pohokinikini,
26. Hopuhopu,
27. Kipahee,
28. Hanakaumalu,
29. Kapuu o Honuaula,
30. Ka puu o Hainoa.
31. Ka piko o Hualalai a me ka lua o Milu.
32. Kipahee,
33. Makanikiu, Puu.

O ke lua o Milu i olelo ia oia hoi kalua a Hikuikanahele i kii ai ia Kawelu ilalo o ka Nuu o Milu ke alii o ka po panopano, oia kela wahi lua poepoe iluna pono o ka piko o Hualalai e waho nei a hiki li keia la, a he lua hohonu maoli no ia, a ina oe e kiola i ka pohaku ilalo o keia lua aole oe e lohe ana i ke kaele pohaku.

O ka ana na o ka waha o kela ua aia paha ma kahi o ka 6 a 7 paha kapuai ma ka'u kobo elike me ko'u kamaaina i kela mau kualono.

O ka wai o Kipahee, he lua keia e iho ai a hiki ilalo, a hoea i kahi o ka punawai.

Aole keia he wai laua maoli e ukuhi iho ai oe i ka wai, aka, he limu wale no keia au e hao a piha ke po'i a hoihoi aku iluna.

O ka pii ana aku ia wahi apiki ina oe e pii pololei aku ana me ka manao e puka koke, aole loa oe e hiki ana e hebee mau mai ana oe ilalo a hiki i kou noho maoli ana, no ka pau o ke aho i ka hebee mai ilalo. A imea e hiki ai ia oe ke hiki iluna me ka maalahi, e pii oe ma ke ano hele kikeekee e huli ana i ka akau a i ka hema a pela e pii ai a kau iluna apau ka pilikia.

(Aole i pau)

Kaluaomilu, mentioned previously, is the pit from which Hikuikanahele fetched Kawelu down in Kanuʻuomilu [the Realm of Milu], the chief of the deep dark night. It is that round pit directly upon the summit of Hualālai, still there until this day. It is a truly deep pit, and if you toss a stone down into this pit, you will not hear the landing of the stone.

The diameter of the opening of the pit is probably around six to seven feet in my estimation in accordance with my familiarity with those mountain ridges.

As for the water of Kīpāheʻe, this is a pit one descends into until reaching the spring at the bottom.

This is not actually standing water you could dip from, but is only wet moss for you to scoop and fill a container to take back up.

Regarding the climb out of this troublesome place, if you are climbing straight up thinking to quickly come out, you will not be able to, you will continuously slide down until you actually have to sit down, tired from sliding down. In order for you to be able to reach the top with ease, climb up zig-zagging from right to left, in that manner you will climb and arrive at the top, problem solved.

(To be continued.)

NĀ HOʻONANEA O KA MANAWA
[PLEASURABLE PASTIMES]

***

HE ANA ʻO MĀKĀLEI
[A CAVE CALLED MĀKĀLEI]

The descent is quick but the climb is troublesome. As for that moss that you scooped into the container, or can, by the time you reach the top, you will see that it all completely turned to water, and that moss you scooped like līpālāwai [freshwater algae] has disappeared, and all you see is delicious cold water. Amazing, isn't it? Real local juice, remarkable to think about, but even more splendid to consider are the marvelous gifts of the One who put together these wonders.

HANAKAUMALU

This is the grandmother of Hikuikanahele, and there is a cave here, namely the cave in which Hiku was raised until he was old enough to be sent about on errands. This cave remains there until this day.

KA PUʻU ʻO HONUAʻULA
[THE HILL CALLED HONUAʻULA]

This is a great, high hill seen standing majestically with pride and glory, and after this hill is . . .

KA PUʻU ʻO HAINOA
[THE HILL CALLED HAINOA]

Located on this hill are the house grounds of Kū and Hina, they being the parents of Hikuikanahele, and the stone pavement of the house that was laid remains in excellent condition. There are many who have reached this site, wrote their names and inserted them into the many bottles that heap up on the stone terrace along with an old flagpole.

NA HOONANEA O KA MANAWA

***

HE ANO O MAKALEI

Ma ka iho ana ka hikiwawe a ma ka pii ana ka pilikia. A o kela limu au i hao ai i hao ai aloko o ke po'i a kini paha. I ka wa e hiki ai, oe iluna e ike ana oe ua lilo a pau loa i wai wale no, a o kela limu elike me ka lipalawai au i hao ai ai ua nalowale ia a he wai ouo hu'i hu'i kau e ike ana, Kamaha'o ca? ae kamaaina i'o maoli no, a hoopaho'oba'o no hoi i ka noonoo, a he mea oi aku nae o ka nani ke noonoo iho ina haawina kupaianuaha a ka Mea nana i hooponopono ia mau mea kamahao.

HANAKAUMALU

A keia ke kupunawahine o Hikuikanahele, a maunei he ana a o ke ana ia e hanai ia ai o Hiku a nui kupono i ka hoounauna, a ke waiho nei no keia ana a hiki i keia la.

KA PUU O HONUAULA.

He puu nui a kiekie keia e nana la aku nei e ku kilakila mai ana me ka haaheo a hanohano no no hoi a mahope aku o keia puu.

KA PUU O HAINOA.

Aia ma keia puu ke kahuahale o Ku me Hina na makua o Hikuikanahele, a ke waiho nei no kipaepae o ka hale i hoonoho ia me ka maikai a ui o ka hoonoho ia ana, ua nui na poe i hiki ma keia kahua, a ua kakau i ko lakou mau inoa a hookomo iioko o na omole lehulehu e ahu ana a iluna o na kipapa pohaku me kekahi la au pahu hae kahiko.

Aia mamua mai o keia kahua ma kaaoao akau o ka Puu o Honuaula, kahi i ulu ai ka ohia nona ka inoa o Ku Kaohia La-ka! a o keia ka ohia i olelo ia o ke kino ohia ia o Ku ke kane a Hina.

He 'lelua wale no pua o keia ohia, ke pua mai he lehua Ula, a a he lehua kea, a oiai hookahi no kino o keia ohia a he elua nae o na ano pua he lehua ula, a he lehua kea.

Ua maloo keia kumu ohia a ua pau kona kino i ka lawe ia i mea hoikeike a o ke aa ua pau no i ka eliia a lawe ia a he mau auwaha nunui alualua ke waiho nei ma kahi i ku ai o keia ohia o Ku kaohia-la-ka.

POHOKINIKINI

He mau lua nui a hohonu keia aia paha ma kahi o 500 kapuai ka hohonu a o ke anawaena o kekahi o keia mau lua aia ma kahi o aneane no e 400 kapuai a ke kokoke oe ma ke ka'e o kekahi o keia mau lua, e ike no oe i ke ano mania a ku hoi i ka maka'u no kou kapeke no a lele oe i ka lewa me ka hiki ole ke alo ae a pakele mai ka make ae.

O kekahi mea kamaha'o au e noonoo ai oia no ka ulu o na ano laau ohia liilii ke ama'uma'u ka akolea a me na nahelehele e ae no hoi o ke kuahiwi ma na paia o kekahi o na lua o keia poe lua, hele a uluwehiwehi ke nana aku, ua nluia mai ke kae oluna loa a hiki aku i ka honua o lalo, e ulu lipolipo ana me ka uliuli e haawi ana i na mahalo nui i ka maka o ke kamahele auana pii kuahiwi e haawi aku i na hoomaikai nui loa i ka "Mea nana i hana ia mau launahele lipolipo."

In front of this foundation on the northern side of the hill of Honua‘ula is the place where the ‘ōhi‘a by the name of Kūka‘ōhi‘alaka grew! This is the ‘ōhi‘a that is said to have been the ‘ōhi‘a body form of Kū, the husband of Hina.

There were only two flowers on this ‘ōhi‘a when it bloomed, a red lehua and a white lehua, and even though there was only one ‘ōhi‘a plant, there were two types of flowers, a red lehua and a white lehua.

This ‘ōhi‘a tree has dried up and its body has been taken as a display, and the roots have been dug up and taken, so only uneven grooves remain where this ‘ōhi‘a of Kūka‘ōhi‘alaka once stood.

POHOKINIKINI

These are large and deep pits, approximately five hundred feet in depth, one with a diameter of around four hundred feet, and when you go near the edge of one of these pits, you will experience a shuddering sensation, fearful that you will trip and fly in the air, unable to avoid or escape death.

One amazing thing for you to consider are the small ‘ōhi‘a bushes, ‘ama‘uma‘u ferns, ‘ākōlea trees, and other mountain plants that grow on the walls of one of these pits, appearing verdant, growing from the very top edge to the ground below. It grows lush and dark green to be greatly admired by the eye of the mountain traveler who will give praise to the "One that made this verdure."

That is not all that you, the visiting traveler, should consider, but also the wind from down in the pit, for it seems that this pit is a place where the wind plays, and if you were to toss your hat down the pit, you will see it being carried by the wind, never falling down until the hat comes back and you can put it back on.

The kamaʻāina [locals] call this place Kaluamakani because of the wind of this pit, and that is why it is called Kaluamakani until this day in which *Ka Hoku o Hawaii* takes up and presents the amazing features of these deep, sheer-sided pits which are awe-inspiring and also terrifying, if you become dizzy.

You might ask, O beautiful madam, lovely lady, and you too, handsome gentleman, "From where comes the wind of this pit?"

It's a serious question, as there is great uncertainty about these things.

When the writer looked, and looked again, doing so many times, I then recognized that the wind was not coming from within the great hollow, but it is the existing wind that spins down into the pit to the ground below, and because of the growth covering the sides and the ground below, there is no other place for the wind to emerge, so the wind rises back up and comes out of the top like water rushing down a deep hollow until it is full and the water surges back out of the pit.

Aole oia wale no kau e noonoo ai e ke kamahele makaʻikaʻi aka, o ka makani mai lalo mai o ka lua, mehe ala he lua ia no ka makani e paani ai, a ina o e kiola aku i kou papale ilalo o ka lua, e ike ana oe i ka lawe ʻbele ia e ka makani aole e haule ana ilalo a hiki i ka hoi hou ana mai o ka papale a kau hou iluna.

Ua kapa aku na kamaaina i keia lua o Kaluamakani, mamuli o ka makani o keia lua, a pela i kapaiai o Kaluamakani a hiki i keia la a ka Hoku o Hawaii e hii aku la a hoikeike aku i na hioua kamahao o keia mau lua kuhoho laumania a ku i ka hoenoano a me kou kawele ke nina aku i kou hiona.

Kei ninau nei paha oe e ka Madame ui. a me ka Lede noheno hea, a pela hoi ke Keonimana hoomahie. Maihea mai la ka makani o keia lua i puka mai ai?

[He mea olaio ia ninau ana, olai e loaa ana he kanalua nui no keia mau mea.

I ka nana ana a ka mea e kakau nei, a nana hou no, a no na manawa he nui a ia wa i maopopo ai, aole no ʻloko mai o ka lua ka makani, aka, oia no ka makani e pa mai ana a amio aku la ilalo o ka lua a hiki i ka honua paa o lalo, a no ka paapu o na aoao a me ka honua malalo aohe wahi e puka hou aku aku ai ka makani, nolaila, ua pii hou mai la ka makani a puka hou iluna elike me ka wai e holomoku ana ilalo o kekahi lua bohonu a hiki i kou piha ana a hu aku ka wai mawaho.lo ka lua.

Pela keia lua i kapaia'i o Ka.luamakani, a aole no he mau o keia hiona i ike ia nia keia lua mi he pobu a la'i ku aobe, pa mai o kekahi onini makani, aia no e o anjani mai ka makani me ka ano ahiuhiu, alaila e ike ana oe e kela mau biona i oleloia,

A aia no keia mau lua makani mai o ka puu o Hopuhopu e pili ana me ka wai o Kipahee a ma kahi punkiai o Hualalai nona ka inoa o Makanikiu Puu.

He wahi puu kiai keia no Hua-lalai, a he wahi puu loihi no ho, a kiekie e ku ha'o ana mamua lo aku o Hualalai, a oia wahi ai ma ka aoao Kohala o na ipae puu e kupuni ana i na kualono a me na Kekaha waiole i oleloia" 'kaha-ka-weka.'' a o ka manao oia, he ''aina wai ole, a ai ole'' i ka wa kahiko o na kupuna i hala mao.

E ike, iho e na pulapula o Ha-waii opio i keia mau mea a hoo-manao iho he mau mea ia e ko mai ana ia oe e booikaika e hiki aku i kahi o na wahi pa-na kau-lana o kou aina au i noho ai a kupa, a e makaikai aku hoi i ka na mau kaiaulu pookela, a hoo.manao ae i ka lokomaikai pali.naole o ka ''Mea Nana'' i hoo-ponopono a boouoho ia man mea kamaha'o ma ko lakou mau pa-lena i kukulu ia ai i kinohi loa a oia kukulu ana no a hiki mai la ia kakou, nei i keia la, a e mau aku ana a pau ka lani mua a me ka honua mua, a hoea mai ka lani hou a me ka honua hou.

That is how this pit was called Kaluamakani, but this phenomenon is not always experienced in this pit if it is calm and quiet without even a slight breeze blowing. Only if a cool wind gusts wildly, then you will experience those phenomena previously discussed.

These windy pits are located from the hill of Hopuhopu and up along the waters of Kīpāheʻe to the vicinity of a guardian hill of Hualālai called Makanikiu Hill.[92]

This is a guardian hill of Hualālai, it being long and high, standing alone way in front of Hualālai. This place is on the Kohala side of the row of hills that stand around the mountain ridges and the lands of Kekaha Wai ʻOle, called Kahakaweka in the olden times of the ancestors who have long since passed on, a name meaning a "land with no water and food."

People of young Hawaiʻi know these things and remember that they shall urge you to make an effort to visit the areas of the famous celebrated places of the land in which you live and to which you have become accustomed. Do tour its remarkable areas, and remember the boundless grace of the "One" who arranged and set these wonders on the places where they were made in the very beginning and remain standing for us today, to continue on until the first heavens and earth come to an end and the new heaven and earth arrive.

---

92. The term "Puu" used in the original seems to be more of a geographical qualifier than part of the name.

Here, the writer of the Pleasurable Pastimes shall rest with great thanks to the Editor and the girls that set the type, along with warm affections for the readers of *Ka Hoku*.

Ka'ohuha'aheoinākuahiwi'ekolu
Kona, Hawai'i, April 30, 1924

A maanei ke hoomaha nei ka mea kakau o na Hoouanea o ka Manawa, me na hoomaikai he nui i ka Luna Hooponopono a me na kaikamahine koouoho hua kepau, a me ke aloha puwehana i na poe beluhelu o ka Hoku.

Ka Ohu Haabeo I na Kuahiwi Ekolu.
Kona Hawaii, April 30 1924.

Na Hoonanea o Ka Manawa

(Kakauia no Ka Hoku o Hawaii E Ka Ohu Haaheo I na Kuahiwi Ekolu)

Na la laki a pomaikai o ka hanau ana o na keiki ma kela a me keia Mahina a puni ka makahiki.

Mamuli o na mea i huli ia ai ini nui ia e na poe kilokilo a huli ina mea huna a i hoike ia e na poe kilo hoku o na au i hala, ua olelo ia he iwakalua-kumamalua mau la laki a pomaikai iloko o na malama he 12, o ka makahiki.

No na hana Kalepa o kela a me keia ano, na lulu hua, oia hoi ke kanu ana ina mea kanu, kukulu hale a man hana e ae paha, hua kaibele paha ma na wahi a pau, aole e nele e uhai la no me na pomaikai a laki.

O na keiki a pau e hanau ana iloko o kekahi o ke'a mau la aole o lakou wa e nele ai e pili mau ana ka loaa me lakou a hiki i ka hopena o ko lakou ola ana, a ina o ka mea e hoomaka ana e lawelawe i kekahi hana iloko o keia mau la, e uhai aku no na pomaikai ma kona mau kapuai, a oia mau la oia iho keia malalo iho nei.

January 3. a me 13, oia na la pomaikai iloko o keia mahina.

Febuary 5 ame 28, oia na la laki a pomaikai iloko o keia mahina.

Maraki 3, 22 a me 30, he ekolu lala ki a pomaikai iloko o keia mahina.

NĀ HOʻONANEA O KA MANAWA [PLEASURABLE PASTIMES]

(Written for *Ka Hoku o Hawaii* by Kaʻohuhaʻaheoinākuahiwiʻekolu)

NĀ LĀ LAKI A PŌMAIKAʻI O KA HĀNAU ʻANA O NĀ KEIKI MA KĒLĀ ME KĒIA MAHINA A PUNI KA MAKAHIKI [THE LUCKY AND FORTUNATE DAYS FOR CHILDREN BORN IN EACH MONTH THROUGHOUT THE YEAR]

According to the things searched for and greatly desired by seers and seekers of secret things, and things revealed by stargazers of the past, it is said there are twenty-eight[93] lucky and fortunate days in the twelve months of the year.

Concerning business activities of all kinds, the sowing of seeds, namely planting, the building of houses or other endeavors, if traveling anywhere, luck and fortune will always follow.

As for all of the children born on one of these days, they will never have a time of lack, prosperity will always be with them until the end of their life, and if someone were to start a task on one of these days, good fortune will follow their footsteps, and here are those days below:

January 3 and 13, these are the fortunate days in this month.

February 5 and 28, these are the lucky and fortunate days in this month.

March 3, 22, and 30, there are three lucky and fortunate days in this month.

---

93. "Twenty-two" appears in the original.

April 5, 22, and 29, there being three lucky and fortunate days in this month.

May 4 and 28, there are two lucky and fortunate days in this month.

June 3, and 28, there are two lucky and fortunate days in this month.

July 12, 15, and 19, those are the lucky and fortunate days in this month.

August 12, there is only one lucky day in this month.

September 1, 7, 24, and 28, there being four fortunate and lucky days in this month.

October 4 and 15, there are two lucky and fortunate days in this month.

November 13 and 19, those are the lucky and fortunate days in this month.

December 23 and 26, those are the lucky and fortunate days in this month.

Upon adding all of these days, there will be a total of twenty-eight[94] days that are said to be days in which the life of a person would encounter unexpected fortune.

It is important for the truth and correctness of the signs of these days to be understood to obtain the truth and correctness of the portents of these days. Then one may witness the mysterious hidden works that lie within the days of these months throughout the year like the things sought for by the wisdom of man as is seen in the words of Solomon the wise, saying, "It is the glory of God to conceal a matter; to search out a matter is the glory of kings."

---

94. "Twenty-two" appears in the original.

Ka Helu malama a me ka papa-
inoa o ke Kau ana o ka Mauina
a Puni ka Makahiki.

O ka helu malama o ka maka
hiki a me ka helu kau o ka ma-
hina o ko Hawaii nei paeaina i
ka wa kahiko, oia kekahi o ua
helu luhui e aneane e nalowale
loa ka hoomaopopo ia e ka ha-
nauna hou o keia au e nee aku
nei, ina aole e hoomaiacike mau
aku ana na Kupuna a me na ma-
kua o lakou na poe kahiko i loaa
ia mau mea e ola nei i keia
la, a e koe kakaikahi nei i keia
wa.

He pohihihi na kuhikuhi no ka
hiki pono i ke au malamalama o
ka Naauao ke alakai ia malalo oia
mau kuhoaka, aka, oia uae ka
mea i hoohanaia e na kanaka i
kapaia na hupo o Hawaii ma ka
uoeau i ka helu po me ka ohe
nana ole, no ka pololei o ka lakou
mau koho ana, ma ke kau ana o
ka mahina a helu ia ka helehelena
o na po me ka manao io hana iloko
o na mahele ekolu i kapaia.

1 Na po kaou o na Aumakua.
2. Na po hele lawaia.
3 Na po pili i ka oihana ma-
hiai.

Iloko oia mau helu ana ma ka
ikemaka nana i ka mahina, na ao
opua a me na hoku ma ka hele-
nelena o ko lakou kau ana a me
na kaho aka.

Mamuli o na hilinai me na apono
i haawi ia no ia poe kiloiani a
me ka pilipono ana o ka lakou
mau kuhikuhi olelo, no na mea i
olelo ia ai hooko ia ka nee ana
a me na mea e hiki mai a na hope.

KA HELU MALAMA A ME KA PAPA INOA O KE KAU 'ANA O KA MAHINA A PUNI KA MAKAHIKI [THE LIST OF MONTHS AND THE LIST OF THE NAMES OF THE MOON PHASES THROUGH THE YEAR]

As for the list of months of the year and the moon phases of these Hawaiian Islands in olden times, it is one of the sets of cultural knowledge that could almost be lost among the new generation of this current time, if their grandparents and parents, the elders alive today and that remain few in number who possess these things, are not constantly making them known.

The instructions for properly reaching enlightenment are confusing when guided under these omens, but it is the thing that was used by the people who were called the ignorant ones of Hawai'i in regards to the art of deciphering moon phases without telescopes because of the accuracy of their interpretations, the placement of the moon, and the listing of the features of the nights with active faith in the three divisions called:

1. The sacred nights of the Ancestral Deities.
2. The fishing nights.
3. The nights related to farming.

These lists include observations of the moon, the billowy clouds, and the stars according to the features of their placement and the accompanying omens.

Great trust and approval were given to the astrologers and the relevance of their instruction concerning the things stated which were fulfilled, and the progression of the things to come after.

Here is the list of names for the different months and moon phases of the islands of this archipelago in olden times.

(To be continued.)

Eia ino ka papa inoa helu malama like ole me ka helu kaulana malina o na mokupuni o keia pae. aina i ke au kahiko.

Aole i pau

Na Hoonanea o Ka Manawa

—

(Kakauia no Ka Hoku o Hawaii
E Ka Ohu Haaheo I na Kuahiwi
Ekolu)

Beritania	Hawaii	Maui
Ianuari	Iku-wa	Iku wa
Feberuari	Mana	Welehu
Maraki	Makalii	Makalii
Aperila	Kaelo	Kaelo
Mei	Mahoe-mua	Ka'ulua
June	Mahoe-hope	Nana
Julai	Ikiiki	Welo
Augate	Kinajeleele	Ikiiki
Sept.	Kaaona	Hinaieleele
Okatoba.	Hilina	Hilinehu
Novemaba.	Hilinehu	Kaaona
Dekemaba	Ka'ulua	Hilinana

Beretania	Oahu.	Kauai.
Januari	Kaelo	Kaelo
Febueri	Ka'ulua	Ka'ulua
Maraki	Nana	Nana
Aperila	Welo	Hinaieleele
Mei	Ikiiki	Hilinehu
June	Kaaona	Hilinama
July	Hinaieelele	Ikuwa
Augate	Hilinehu	Hilina
Sept.	Hilinama	Welehu
Okatoba	Hilina	Ikiiki
Novemaha	Welehu	Kaaona
Dekemaba	Makalii	Makalii

Palabelu po na kaulana Mahina.

He 30 po o ka belu kaulana mahina o ka malama hookahi, he 17 po huihui, a he 13 po kaawale ai hoopili ia ke ano ona mau po ala ma na helu o ke kau ana o ka mahina, penei.

NĀ HOʻONANEA O KA MANAWA
[PLEASURABLE PASTIMES]

—

(Written for *Ka Hoku o Hawaii* by
Kaʻohuhaʻaheoinākuahiwiʻekolu)

English	Hawaiʻi	Maui
January	ʻIkuā	ʻIkuā
February	Nana[95]	Welehu
March	Makaliʻi	Makaliʻi
April	Kāʻelo	Kāʻelo
May	Māhoe Mua	Kaulua[96]
June	Māhoe Hope	Nana
July	Ikiiki	Welo
August	Kinaiaʻeleʻele[97]	Ikiiki
September	Kaʻaona	Hinaiʻeleʻele[98]
October	Hilina	Hilinehu
November	Hilinehu	Kaʻaona
December	Kaulua	Hilinana[99]

English	Oʻahu	Kauaʻi
January	Kāʻelo	Kāʻelo
February	Kaulua	Kaulua
March	Nana	Nana
April	Welo	Hinaiaʻeleʻele
May	Ikiiki	Hilinehu
June	Kaʻaona	Hilina Mā
July	Hinaiaʻeleʻele	ʻIkuā
August	Hilinehu	Hilina
September	Hilina Mā	Welehu
October	Hilina	Ikiiki
November	Welehu	Kaʻaona
December	Makaliʻi	Makaliʻi

A list of the nights and moon phases. There are thirty nights in the list of moon phases in a single month, seventeen grouped nights, and thirteen individual nights connected to the nature of those nights in the list of moon phases, as follows.

---

95. "Mana" appears in the original text but is likely "Nana," a known Hawaiian month name.

96. Appears as "Kaʻulua" four times in the original listing but appears with no marks in modern sources.

97. "Hinaiaʻeleʻele" is a more common spelling.

98. "Hinaiaʻeleʻele" is a more common spelling.

99. Possibly "Hilina Mā," a more common spelling.

There are five characteristics of the moon sequence in rising on its orbit understood by visual observation.

1. The new moon
2. Rounding out until the crescent points disappear
3. Waxing until completely full
4. Waning to a pointed crescent
5. Diminishing to disappear

From the night of Muku until the following Muku, those being the nights of no moon, Muku being completely vanished from sight, but it is the phase that completes the sequence, and thus completes the month, it being expressed as follows:

"Little child that doesn't know the moon phases,
Here is Muku, the month is ended [Muku],
Here is Hilo, the Hoaka rises."

Hilo is the first night of the moon sequence, and it was called that name because of the slender sliver of the moon. [H]oaka is the second night in which the moon appears, concerning the slightly increased visibility of the moon, and moving along then it is Kūkahi, and then Kūlua, Kūkolu, Kūpau, followed by the 'Ole nights.

'Olekūkahi, 'Olekūlua, 'Olekūkolu, and 'Olepau, these said to be the days of the 'Olekaipiha ['Ole full tides] when the sea along the shore deepens. It is a time when the sea presses in to be full.

It is said these are days when plants produce no fruit, yet some people say these are days of heavy bearing for the 'uala, and if planted then, will eventually fill the 'uala mounds.[100]

I've actually seen one of [my] family members planting on these days, mainly on 'Olepau is when [he] would always plant, and according to what he would always say, "the 'uala is not done growing until it has a long vine," meaning it will bear in the mound, once it is planted and grows vines, namely stems, and once the vines are pulled out it will stop bearing.

Elima ano o ke kulana o ka helu ana o ka mahina ma ke kau ana ma kona alapoai, a i hoomaopope ia ma ka ike o ka maka.

1 Ka Mahina hou
2 Ka poepoe ana ae a nalo na Kihikihi.
3 Ka hoonui ana ae a poepoe loa
4 Ka emi hou ana a Kibikihi
5 Ka nuku ana a nalowale.

Mai ka po o Muku a hiki i Muku, oia na po aole mahina, ua nalowale loa aole ike ia, a oia nae ka helu ana e piha pono ai ka helu ana e piha pono ai ka malama, a oia ka mea i olelo ia ai penei.

"Kamalii ike ole i ka helu po,
O Muku nei Muku ka 'malama,
O Hilo nei Kau ka hoaka."

O Hilo ka po mua ma ka helu malama, a ua kapaia kela inoa no ka puahilohilo o ka mahina, o Koaka ka po elua i kau ai ka mahina, no ke akaka iki ana ae o ka mahina a panee iki aku o Kukahi ia, a o Kulua aku, Kukolu, a o Kupau, a o na ole aku.

Olekukahi, Olekulua, Olekukolu, a me Olepau, a o na la keia i olelo ia o na Ole-kaipiha, hohonu kaba, kai he wahi manawa wale no e kaoo aku ai ke kai a piha mai no.

Ua olelo ia he mau la huaole o na mea kanu, a olelo hoi kahi poe he maio la hua keia o ka uala ke kanu ia, piha-pu ka pue i ka uala

A ua ike io au i kekahi o u ohana e kanu ana i keia mau la, a o lepau nae ka hapanui kana manawa e kanu mau ai, a wahi ana e olelo mau ai, "aole pau ka hua o ka uala a kalina," e hua ana i ka pu'e, i ke kanu a i ke ka oia hoi ka lala, aia no a uhuki ia kalina alaila pau ka hua ana.

---

100. "Maio" in the original is assumed to be "mau."

A ualo kahi oioi o ka mahina,
o Huna ia, a hoomaka ae ka
poe ana o Mohalu ia, a o Hua
aku. Akua, Hoku, a elua kaulana
o keia po mahina o Hoku-ili, ao-
Hoku-palemo,

I ka Hooilo palemo ka mahina
o Hoku, a ike kau, ili ka mahina o
Hoku

I Hooilo, loloa ka po, a pokopoko
ke ao, a i ke Kau, loloa ka la, a
pokopoko ka po, a oia ke kumu o
ka like ole ana o ka wa e napoo ai
ka mahina o Hoku.

A o ka la o ka po i ili oia ka
po piha kino nei o ke Aliiwahine
huki ulua puhee-i-ka-weiowelo o
Mahealani, a hoomaka e emi kona
kino nui nepunepu, o Hulu ia o La-
au kukahi, o Laau kulua, Laau pau
Ole-kukahi, olekulua ame olepau.

Kaloa-kukahi, Kaloa kulua a me
Kaloa-pau, a uuku ka mahina o
Kane ia a me Lono, a uuku loa
o Mauli, kapo ia nalowale ka mahina
o Muku ia, a nona kela olelo ka-
hiko o ka paanaau.

"O Muku nei muku ka malama."
Ka Papa Helu kahi a helu nui a
helu piha a na poe kahiko o Ha-
waii nei.

I ka nana ana i ka mole a me ka
i'o o ka helu ana a na poe kahiko
ua hiki no ke ike ia ka naauao maoli
o ka lakou papahelu i hoo-
nohonoho ai me ka huikau ole e
hoomaka ana mai na kahi aku, na
umi na haneri, na tausani, na ha-
neri-tausani, ua miliona, na haneri
miliona a me na biliona, a o ka pau
ana hoi o ka helu kahi a ka lahui
Hawaii i hoomaopopo ia e na ku-
puna kahiko o keia lahui, a oia keia
malalo iho nei.

When the pointy part of the moon disappears, it is Huna, and when the waxing begins it is Mohalu, and then Hua, Akua, Hoku, and there are two positions of this moon phase, namely Hoku Ili and Hoku Palemo.

During Hoʻoilo [winter], the Hoku moon sinks, and during Kau [summer], the Hoku moon perches.[101]

During Hoʻoilo, nights are long and daytime is short. During Kau, the day is long, and nights are short. That is the reason for the difference in the times at which the Hoku moon would set.

On the day following the night of perching Hoku, that is the night of the fullest body of the ʻulua pulling queen as she glides in the streaming light of Māhealani. Then her big full form begins to decrease, and it is Kulu,[102] then Lāʻaukūkahi, Lāʻaukūlua, Lāʻaupau, ʻOlekūkahi, ʻOlekūlua, and ʻOlepau.

Kāloakūkahi, Kāloakūlua, and Kāloapau follow, and the Kāne and Lono moons emerge Mauli is a tiny moon, Muku is the night that the moon disappears and for which is this memorized utterance,

"Muku, the month is ended [muku]."

KA PAPA HELU KAHI A HELU NUI A HELU PIHA A NĀ POʻE KAHIKO O HAWAIʻI NEI [THE LISTING OF THE SUM TALLY AND THE FULL ACCOUNTING OF THE ANCIENTS HERE IN HAWAIʻI]

This is the listing of the single ones, the sum tally and the full accounting as used by the ancients here in Hawaiʻi.

When looking at the basis and substance of the numbering of the ancient people, the sheer intelligence of the counting system they arranged can be seen with no confusion from the ones, the tens, the hundreds, the thousands, the hundred thousands, the millions, the hundred millions and the billions, and on to the end of the Hawaiian peoples counting system as understood by the ancient ancestors of these people, namely this below:

---

101. The longer nights of winter allow Hoku to disappear while it is dark; during the shorter nights of summer, it will perch at the horizon at dawn.

102. "Hulu" in the original text, an apparent typesetting error.

Four ones make up one kauna 4

Ten kauna make up one forty[103] 40

Ten forties make up one lau 400

Ten lau make up one mano 4,000

Ten mano make up one kini 40,000

Ten kini make up one lehu 400,000

Ten lehu make up one hāʻule 4,000,000

Ten hāʻule make up one loaʻa 40,000,000

Ten loaʻa make up one palena 400,000,000

Ten palena make up one nalowale 4,000,000,000

People may be surprised upon seeing this strange counting system that they never came across, yes, it is true; however, the counting system of these people was not fully known to all, only to those who became the heads of important professions in the royal courts of the chiefs like messengers, orators, seers, architects, priests, marshalls, war leaders, fishpond guards, land managers, head fishermen, and stewards.

My grandfather was from the priestly lineage of Hewahewa, a priestly profession of diagnosis through touch and use of pebbles for illnesses like ʻea, pāʻaoʻao,[104] and other types of bodily ailments that lay undetected.

From him this numbering system that we see above was obtained, not only from him, but from Maiai[105] the grandfather of the late Honorable A. P. Kalaukoa, a resident and local of Kaʻūpūlehu, and not only from him but also from Kawaiū, a head fisherman from Kūkiʻo, and I lived among them.

---

103. "Kaʻau" is another word for "forty."

104. Appears as "Poaono" in the original but is likely "pāʻaoʻao," a common illness.

105. The modern spelling of this name is not certain.

O keia mau kanaka he mau kanaka lawa'ia nui no na kaba mai Ka'elehuluhulu a Kalaeokamano e kiei aku la ia Kiholo, a ke ola nei no ka lakou mau mamo aole nae i loaa na ike o na kupuna o lakou.

O keia kekahi o na helu puai hele maoli i na poe lawa'ia o ke au kahiko, a ke ike ia nei no iwaena o na poe lawaia opelu, anae, uono, Ineihe, akule, a pela wale aku.

A eia hou no keia helu ana a ka poe kahiko mai kekahi a hiki i ka umi penei.

Akahi, Ou, Oi, Ha, paele, pakini, ka ua, hookina, lehei, pa, he 10 iho ia kona huina, ma ka helu kahi ana, oia hoi.

Akahi, he kahi nola 1
Ou, he elua ia 2
Oi, he ekolu ia 3
Ha, he eha ia 4
Paele he elima ia 5
Pakini, he eono ia 6.
Ika ua he ehiku ia 7
Hookina he ewalu ia 8.
Lehei, he eiwa ia 9
Pa, he umi ia, 10

Ma ka helu palu hoi a eia iho ka helu ana.

''A pe'' oia hoi e'ua ia 2.

''Akau'' oia hoi eha ia 4.

''A halahalakau'' oia hoi eono ia 6.

''Oia ka hei ''he ewalu ia 8.

''e umi auanei ''be umi ia 10.

These men were head fishermen for the shores from Ka'elehuluhulu to Kalaeokamanō peering towards Kīholo, and their descendants remain, but lack the knowledge of their ancestors.

These are some of the numbers that were actually uttered by fishermen of olden times, and it is seen amongst the fishers of 'ōpelu, 'anae, ono, iheihe, akule, and so forth.

Here are the numbers of the ancient people from one to ten, thus:[106]

'Akahi, Ou, Oi, Hā, Pā'ele, Pākini, Ka Ua [Ho'okina], Lehei, Pā, its total is ten when counting by ones, namely:

'Akahi, this is a one 1
Ou, this is two 2
Oi, this is three 3
Hā, this is four 4
Pā'ele, this is five 5
Pākini, this is six 6
Ika ua, this is seven 7
Ho'okina, this is eight 8
Lehei, this is nine 9
Pā, this is ten 10

In counting by twos, here is the numbering:

"A pe," this is two 2
"Akau," this is four 4
"A halahalakau," this is six 6
"O ia ka hei," this is an eight 8
"E umi auanei," this is a 10

---

106. The following counting system was identified by Lei Keakealani of the Kona district in 2018 as having been used for counting cattle. The spelling of the following "numbers"/counting systems is not in dictionaries, and their modern spellings are not certain.

These counting systems by ones, twos, and fours of our ancestors show the cleverness of the ancient people in the Hawaiian numbers cherished by this people in days gone by.

(To be continued.)

O ke'a mau papa loina helu kah helu palua a helu paha a na ku puna o kakou e hoike mai ana i ka noeau o na poe kahiko ma ka helu Hawaii i onlamaia e keia lahui o na la i hala.

Aole i pau

Na Hoonanea o Ka Manawa

Helu 2

Na moolelo pokopoko hoonanea o ka manawa.

He wahi moolelo no Kanawai.

He wahi moolelo Hawaii kahiko keia no kekahi keiki nona ka inoa o Kaniwai.

O Puhili ka makuakane, a o Poopoo ka makuahine: I ka wa liilii no o ka'u keiki make iho la ka makuahine, a koe iho la ke kane oia o Puhili a me ka laua wahi keiki oia o Puhili a me ka laua wahi keiki oia hoi o Kaniwai.

Oiai e noho ana laua me na hoomanao no ka mea i hala, a ua li'u wale no hoi ia noho ana, ua noho hou aku la hoi o Puhili he wahine hou, a he wahine no hoi ua make kana kane, a he mau keiki no hoi kana ekolu me ke kane mua i make a o ka inoa o keia wahine o Kauo'leo'le.

I na la mua o ka noho ana, he maikai wale no aohe lora o na kuee mawaena o ke kane, a me ka wahine, a ua lilo no hoi ia i mea maikai mawaena o ko laua noho ana, a o na keiki nae a laua ka mea hakaka mau, oia hoi, o na keiki a ka wahine oia ka mea hoohakaka kahi keiki a ke kane ka mea nona keia wahi hoonanea o ka manawa a kakou e hoonanea iho ai o na hora hoomaha o na luhi a me na maopopo o ke kino.

No ka hakaka mau o keia mau keiki, ua lilo ia i mea e huhu ai ka wahine i kana mau keiki a pepehi ino aku la hoi, a komo aku la ke kane e uwao, a pela mau laua i noho ai me ka pau ole ro o k hana a na keiki elike no meia, e ike mau la nei iwaena o na keiki o keia alo.

NĀ HOʻONANEA O KA MANAWA [PLEASURABLE PASTIMES]

NUMBER 2

SHORT PLEASURABLE PASTIME STORIES

HE WAHI MOʻOLELO NO KANIWAI [A SHORT STORY FOR KANIWAI]

This is an old Hawaiian story about a child called Kaniwai.

Pūhili was the father, and Poʻopoʻo was the mother. When the child was small, then the mother died. The husband, Pūhili, was left with their child, Pūhili, their child [who was also known as] Kaniwai.

They lived with memories of the one who had passed away, and that went on for a while. Pūhili married a new wife, a widow with three children by her previous late husband, her name being [Kauʻoleʻole].

In the first days of their marriage, all was fine and without tension between husband and wife, and this became a good quality in their relations. Their children, however, were the ones who constantly fought, namely the children of the wife, they being the ones who would start fights with the husband's boy to whom belongs this pleasurable pastime that we enjoy in the hours that we rest the burdens and aches of the body.

As for the constant fighting of these children, it became a thing that made the wife angry at her children and she brutally beat them, so the husband would come in to mediate. They went on like that, without an end to the children's fighting just like it is always seen amongst children of this kind.

While the two were living [together], there was anger in the wife towards the husband's child, and it crouched there, a thorough annoyance, without the knowledge of the husband about the secret that rested in the woman with whom he thought all was well.

When the aku fishing season of the Kaha districts came, the husband went off to fish along the shore, and the child stayed with the stepmother.

While this child stayed with this stepmother, he was continuously bossed around and beaten, but her own children were spoiled and not taken to task.

When this stepmother ate, her children were the ones who ate the good fish and kalo, and the husband's child was given the scraps of the fish and soggy bits of kalo.

The child was always treated in that manner until he would go back to sleep, and it was like that all the time.

When this child would go to sleep, before lying down he would fetch the water gourd, saying, "I'll fill up on water, and sleep."

This stepmother heard the words uttered by the boy, and enraged she leapt to beat him, simply irritated at this.

"Ugh! You just ate. 'I'll fill up on water and sleep!' How many meals do you need, you 'forsaken' orphan who constantly says 'I'll fill up on water, and go to sleep?'"

The child never stopped saying it for it became ingrained in him.

I keia wa nae a laua e noho nei, aia ka inaina iloko o ka wahine no keiki a ke kane kahi i hoopu ai, me ka piha i ka ukiuki, me ka ike ole aku o ke kane i ka mea huna e muelolii ana iloko o ka wahine ana e manao nei he maikai ma na ano apau.

I ka hiki ana mai i ke kau lawa'i la "ne" aku o na kaha, ua hoi aku la ke kane i ka lawaiaia i kahakai a hoho iho la kahi keiki me ka makuahine Kolea.

I ka noho ana oua wahi keiki nei ma ua makuahine Kolea nei, e noke mau ia ana kahi keiki i ke hoounauna ino ia a me ka pepehi ia, a o kana mau keiki hoomailani ae la aohe hoounauna aku.

I ka wa e ai ai ua makuahine kolea nei o kana mau keiki ke ai i ka ai maikai a me ka i'a maikai a,o kahi keiki hoi a ke kane, haawi ia aku la i ka wi o ka i'a a me kani obulu loliloli.

Pela mau e hanaia ai ua wahi keiki nei ina manawa a pau a hoi aku la e hiamoe a pela wale no ina wa apau.

I ka wa o kahi keiki e hoi ai i moe, a mamua o kona moe una kii aku la oia i ka huwai a hoopuka ae la i keia huaolelo "kani wai au a moe."

Lohe mai la ua makuahine kokolea nei i ka olelo a kahi keiki i pane mai la oia, me ka piha huhu a lele mai la e pepehi no ka ou ukiuki wale mai no keia.

Ka? ka ai ana iho nei no, a "kani wai au a moe." I ehia au ai ana e pono ai a keia wahi keiki 'o-a' makua ole au olelo mau a "kani wai au a moe."

Aohe no he pau iki o ka hana a kahi keiki, ua hele a paaoau loa kela mea iaia.

Aohe no he pau iki o ka hana a kahi keiki, ua hele a paanau loa kela mea iaia.

Ina wa a pau mamua o ko a moe ana e kii—mua ana oia i kahi huawai a mamua o ka inu ana, hoopuka ae la no hoi i kela olelo i hele a paanaau loa iaia, "kaua wai au a moe.

Ka? "kaniwai ianei a moe" o ka ai ana iho la no a maona, a "kaniwai ia nei a moe." I ehia au ai ana e keia e keia wahi keiki e pono ai.

Eia kekahi poe ke hoolohe mai nei i keia hana a keia keiki i me keia wahine hou a ka makuahane o kahi keiki

Ika wa i maopopo ai i na poe e ne ka hana a keia wahine a i ka iho ana i kahakai ua hoike aku la lakou i ka makua kane o kahi keiki ina mea apau

A no ka hele mau aku o keia poe e oleio i ka makuakane, au hoohole iho la oia e pii e ike pono i ka oiaio, pololei paha, aole paha.

Iaia i hiki aku ai, ua poelele ia manawa a noho iho la oia ma waho o ka hale, a e ai ana ua wahine nei a me na keiki ana, a i wa i lohe aku ai ua makuakane nei i kahi keiki i ka hoopuka ana a'e i kela olelo, "kaui wai au a moe."

O ka manawa ia i ka makuahine kolea i pane mai ai, "Kani wai ianei a moe."

O ka ai ana ino la no a maona, a "kani wai ia nei." I ehia au ai ana e pono ai e keia wahi o-a makua ole.

Mea ae no keia hua haulo wale, "kani wai ianei a moe." Hooe puka hou oe i kela olelo, eha loa oeia'u.

Lohe pono loa aku la keia iua mea a pau a o ka wa noia i komo aku ai o ka makuakane a hopu kahi keiki a kau i ke kua a huli ae la a iho i kahakai.

Always, before he slept, he would fetch the water gourd, and before he drank, he would utter the phrase that he had memorized, "I'll fill up on water, and sleep."

"Ugh! 'He'll fill up on water, and go to sleep!' He just ate his fill, and 'He'll fill up on water, and sleep!' How many meals do you need, boy!"

There were some people who were hearing the exchange of this child with the new wife of the boy's father.

Once these others understood what this woman was doing, they went down to the shore, and reported everything to the father of the child.

Because these people repeatedly went to speak to the father, he decided to go up to see for himself if it was true or not.

When he arrived, it was dark, and he sat outside of the house, while the woman and her children were eating, and then the father heard the child utter that phrase, "I'll fill up on water, and then sleep."

That is when the stepmother responded, "He'll fill up on water, and sleep.

"You just ate yourself full, and 'You'll fill up on water.' How many times must you eat, forsaken orphan?

"This fallen fruit says, 'He will fill up on water, and sleep.' Say that again, and I will hurt you."

He heard everything very clearly, so then the father went into the house, grabbed the child, put him on his back, and went back down to the shore.

He did not speak to the wife, and he did not get angry at the new wife's abuse of the child.

Because the child would always say the statement, "I'll fill up on water, and sleep," that is the reason this child was called Kaniwai, fill up on water. A sprinkling, and the tale is done.

HE WAHI MOʻOLELO NO HALIʻIPALA A ME MALUPAʻI [A SHORT STORY ABOUT HALIʻIPALA AND MALUPAʻI]

These were old fishermen from the Kaha districts who had lived there from childhood until old age had come upon them, and they were no longer able to sail a canoe, only able to fish from the shore. Their favorite type of fishing was hāʻawe puhi [eel fishing].[107]

They would fish for all types of eel, and they would be wrapped and baked in an imu puhi [underground eel oven] until cooked like pork laulau [ti-leaf-wrapped bundles of pork].

In that manner, they would always fish and cook their catch wrapped in the ti-leaf bundle until the eel had become soft and tender in the ti-leaf bundle.

The accompaniment to the old men's eel would be starchy foods like hāpuʻu ferns, pala ferns, lini,[108] piʻa yams, hoi yams, ʻulu, soggy potatoes, pahapaha seaweed, or uhi yams.

One day, when these old men were awakened in the morning and uncovered their eel oven, they began to eat until satiated, whereupon their eyes rolled back in a daze, and they fell into a very deep sleep.

As they slept, they had no knowledge of the amazing deeds of the eel.

Prior to their slumber, their bundles of eel had been placed into the hulilau gourd [a food container], and then they fell asleep.

Aole oia i kamailiu aku i ka wahine aole ne hoi i huhu aku no ka hanaino ia o kahi keiki ana e ka wahine hou.

A no ka olelo mau ana o kahi keiki i kela huaolelo "Kani, wai au a mee," oia ka mea i kapaia ai ka inoa o ua wahi keiki nei o Kaniwai. Pipi-holo-kaao.

He wahi moolelo no Haliipala a me Malupaʻi.

He mau elemakule lawaʻia keia no na Kaha mai na la opio mai a kau ka hulu elemakule ia laua a pau ka hiki ke holo ma ka waa a mauka wale no e hele ai e lawaʻia a o ka laua lawaʻia makemake loa o ka haawe puhi.

O na ano puhi like ole apau, ua pau loa ia laua i ka lawaʻia la, a laulau a kalua i ka imu a moʻa elike me ka laulau o ka puaa.

Pela mau laua e lawaʻia mau ai me ka banaia iloko o ka laulau, hele a huki a palahe ka puhi i loko o ka laulau.

O ka ai e inai ai o ka puhi a na mau elemakule nei, oia ka hapuu, ka pala, ka lini, ke piʻa, ka hoi, ka ulu a ai ole, ka chulu, ke pahapahu a me ka uhi.

I kekahi la, oiai ua mau elema kule nei i ala ae ai i kakahiaka wale, a huai ka imu puhi a laua, a hoomaka ka ai ana, a maona loa hookaakaa wale iho la no a ma, uia mai la a haule iho la a hiamoe me ke kulipolio maoli.

A oiai e hiamoe ana me ka ike ole ae i na hana aiwiwa a ka puhi.

Oiai mamue o ko laua hiamoe ana ua hoo ia na laulau puhi a laua iloko o ka hulilau (ipukai) a u-hiamoe ai.

---

107. It is "haawa puhi" in other sources; see Daniel Kahāʻulelio's *Ka ʻOihana Lawaiʻa* (Honolulu: Bishop Museum Press, 2006).

108. Unclear in the original.

Ia laua e kaia ana i ka hiamoe
ua lohe ae la o Malupa'i i ka leo
kahea o kekahi wahine penei.
Aloha e ka puhi i ka elelu mai.
Laumilo ia uei.
O-u keia.
O ka weia hoi au."
O ka puui umiumi.
Puhi kopipi
O naona na maka.
Kauila keia.
Ka-pa keia.
O ka puhi a-ika.
E hoaka kai e, e hoaka amopuu,
Ilii loliluli kuakea i ka la.
Hapuu aumau ono ole ke ai.
O ka pala pepee kapuai kuloa,
K pi'ea puluaha,
O ka hoi auaawa.
Ohulu howai.

Pin hoi ko uka, pau hoi ko kai,
ala ee na wahi elemakule e ai
i kahi alualu puhi a olua i koe.

Lohe ae la o Malupa'i i keia leo
kahea a ia wa oia i ala ae ai, a
ia nana ana aku e lewalewa mai
ana ke poo o ka puhi mawaho o
ka ipukai ai laua i hoo ai i na
laulau puhi a laua, a o ka hoala
aku la noia i ke kokoolua e ala.

Heuha keia? heaha mai auane
E nana ma ka aoao ekolu

While they were fast asleep, Malupa'i heard the
voice of a woman calling thus:

"Greetings, O eel, saying,
A laumilo eel,
That is an o'u eel.
I am hot.
A bearded eel,
Salted eel,
The eyes are sweet and inviting,
That is a kauila eel,
That is a kāpā eel,
The poor-tasting eel
Cast a shadow on the sea, cast a thin shadow,
Rising up bleached by the sun,
Hāpu'u frond that is never tasty when eaten,
The pala fern crushed by the foot.
The fibrous yam.[109]
The bitter yam.
Wet and soggy."

When everything happening around them was
done, the old men woke up to eat the two wrinkled-up
eels that remained.

Malupa'i had heard this voice calling him and when
he awoke, and looked, he saw the head of the eel float-
ing outside the container in which they had placed their
bundles of eel and immediately woke his friend.

"What is this? What in the world . . ."[110]

---

109. Possibly "pi'a," qualified by the sennit fiber of the coconut
snare.

110. The original text indicates that the story moves to page 3 of the
same issue.

NĀ HOʻONANEA O KA MANAWA [PLEASURABLE PASTIMES]

"... do you think? Look out the door for the eel is alive again. We should run or we'll be eaten by the eel!"

These old men gasped and proceeded to run until reaching an area where people were enjoying themselves in athletic events and kōnane games.

These old men reported about their escape from nearly being eaten by the eel, that being why they ran to the place of people to find someone to help them.

When those people heard, they went to look at the house of these old men, and they looked in the food container there, but there was no eel inside, all that was left being the wrapper, no eel; it had returned back to the sea.

Since that time, they never went eel fishing again like they had always done in the past, bringing back eels; they also stopped eating eel from that point on. A sprinkling, and the tale is done.

HE WAHI MOʻOLELO NO NĀNĀIKAHALUʻU [A SHORT STORY ABOUT NĀNĀIKAHALUʻU][111]

This is an old Hawaiian story about a woman, and the story goes as follows.

Haunui was the husband, and Nānāikahaluʻu was the wife, and these people lived at a place called Luaʻanui there in Kalaoa 4.

After living there for a long time, the thought arose in the man to go and see his family that was living in ʻĀinakea adjacent to ʻIole, in Kohala.

When the man had left, the wife stayed with the little baby who was still being breastfed, since the journey of the husband to see his family would be a long one.

---

111. The modern spelling of this name is not certain and will appear in this form hereafter.

NA HOONANEA O KA NAWA

kau, e nana aku paha oe la i ka puka a kaua ua oia hou ka puhi i holo a kaua o pau kaua i ka ai ia e ka puhi.

Aha ae la ua mau elemakule nei a nee i ka holo, a hoea ana i kahi o kanaka e le'alea ana ma na le'a le'a hooikaika kino, a me ke konane.

Hoike aku la ua mau elemakule nei i ko laua pakele ana mai pau i ka ai ia e ka puhi, a oia ko laua mea i holo ai i kahi o kanaka i loaa ka mea nana e kokua ia laua.

I ka lohe ana o keia poe, ua hele aku la lakou e nana i ka hale o ua mau elemakule nei, a nana i ka ipukai e kau ana, aole puhi; iloko o ka laulau wale no ke waiho ana aohe puhi ua hoi nou iloko o ke kai.

Maia hope mai aole laua i hele hou e lawa'ia puhi elike me ka mea ia laua ina wa i hala ka hele ana e haawe puhi, a pau loa no hoi ko laua ai hou ana i ka puhi maia hope mai. Pipi-uolo-kaao.

He moolelo no Nanaikahaluu. He moolelo Hawaii kahiko keia no kekahi wahine, a penei ka moolelo.

O Haunui ke kane a o Nanaikahaluu ka wahine a ma kahi i kapaia o Luaanui ma Kalaoa 4. malaila i noho ai keia mau mea.

I ka noho ana a li'u wale na la, ua ulu ae la ka manao i ke kane e hele e ike i kona ohana e noho ana ma Ainakea e pili ala me Iole, ma Kohala.

I ka hala ana aku o ke kane a noho iho la ka wahine a me ka bebe upiku aiwaiu, a oiai he loihi no hoi keia alahele a ke kane e hele ala e ike i kona ohana.

I ka nala ana he mau la 'ebu-
leku i ke kane aohe ho! mai o ke
kane, a pau pu no hoi me ka
wai.

Nolaila hele aku la oia e hohuki
ai (kalo) a hoi aku la a kahumu,
a naio ka imu a o ka hele iho la
no ia i ka wai iloko o ke ana,
me ka bebe uuku aiwaiu, olai, o
ka wai o keia mau aina i ka wa
kahiko, aia iloko o ke ana e kii
ai, ua hooba ia i ka laumaia ke
paipu a me ka waa ohia.

Ia Nanaikahaluu i hele ai a komo
iloko o ke ana me ka ihoiho ku-
kui (oia hoi ke kali kukui i kui
ia i ku uiau.)

Komo aku la oia a he ahua
e nana mai ai i ka puka o ke
ana, iho aku la he alu aku ia o
hoea i kahi o ka wai o ukuhi
iho la a piha ka huawai, a ma-
kaukau no ka hoi ana, oia ka
wa i haule iho ai ke kali kukui
iloko o ka waa wai, a pio iho la
a pouli pu ae la oloko o ke ana,
a pau ka hiki i ke hoi aku i ka
hale.

Noho iho la oia me ka bebe
iloko o ke ana, a i ole, hele aku
paha kekahi poe i ka wai.

Oi, kahi aku keia o ka hele
mai o kekahi poe i ka wai a
aohe hele mai a pau loa ae la ka
manaolana no ke ola.

Hala he mau anahulu o ka
hoomanawanui ana, a o ka pa-u
mahuna no ona, oia kana ai o
ka noho ana iloko o ke ana, a o
kahi bebe no hoi ai no i ka waiu
o ka makuahine.

Many days had passed with the man having not returned, and there was no more water.

So, she went to harvest kalo, came back to bake them, and once the oven was covered she went with the nursing baby to fetch water in the cave, since water in these areas in olden times was fetched in caves, having been channeled with banana leaves, gourd containers, and ʻōhiʻa-wood troughs.

When Nānāikahaluʻu went, she entered the cave with a candlenut torch (kukui nuts that were strung on the midrib of a coconut frond).

She went in until reaching a mound on which one could see the cave opening and then descended down a slope until reaching the area of the water where she completely filled the water gourd. When she was ready to leave, the candlenut torch fell into the water trough and was extinguished. The inside of the cave was now dark, and she could not make out the way back home.

So, she stayed with the baby in the cave hoping someone would go there to fetch water.

She continued to wait for someone to come for water, but no one came, and her hopes for survival were dashed.

Several anahulu, or ten-day spans, were patiently endured, and her skirt of fine-scented kapa is what she ate as she stayed in the cave, while the baby was fed with the milk of the mother.

Two months of the husband's stay in Kohala passed, and then he returned and arrived at the house, but the wife and baby were not there. So, he went to ask the neighbors, and they said that they had not seen them.

The oven that was baking had become unevenly sunken,[112] since the oven had been in place for many ten-day spans.

The thought sprung up in Haunui, the husband who had wandered off to Kohala, that his wife was probably in the cave, having gone to get water, and if the torch was extinguished, she probably died having stayed in the cave for so long.

So, he went to the cave and on going inside, found the wife and the baby alive, but the wife had become thin and weak.

He carried the wife, the baby, and the water gourd and went back to the house, went to uncover the oven, and the kalo had become moldy from being left so long in the oven.

Due to the woman staying in that cave, the cave is called Nānāikahaluʻu until this day, and that cave remains there near the School of Kalaoa, here in North Kona until today.

Since this woman escaped death in a setting brought on by the lack of water in these areas, this man Haunui vowed not to live in this land any longer, and that his descendants would not live in this place.

Heia no hoi eiga melama o ke kane o ka noho ana ia Kohala, a hoi mai la a hoea i ka hale, aole ka wahine a me ka bebe, a hele aku la e uiuau i kaubaie a hoole ia mai la aole lakou i ike.

O ka imu e kalua ana no ua hele ala kaioiʻo, he mau anahulu ke kalua ana o ka imu.

Ulu ae la ka noonoo ia Haunui oia hoi ke kane hele lalau i Kohala, aia paha ka wahine iloko o ke ana, ua hele paha i ka wai a ua pio ke kukui, a ua make ua paha, oiai ua loihi loa paha ka noho ana iloko o ke ana.

Nolaila, ua hele aku la oia, a hiki ike ana a komo aku la iloko o loaa aku la ka wahine a me ka bebe e ola ana ao, a ua hele aʻe ka wahine a wiwi, a palupalu no hoi.

O ka hoawe ae la no ia i ka wahine me ka bebe ka huawai a hoi aku la i ka hale, a kii aku la e huaʻi i ka imu, a ua hele ke kalo a punahelu no ka loihi loa o ka waiho ana iloko o ka imu.

Mamuli o ka noho ana o keia wahine iloko o keia ana i kapaia aʻi ka inoa o keia ana o Nanaikahaluu a hiki mai i keia la, a aia no keia ana ke waiho nei a hiki i keia la ma kahi kokoke i ka Halekula o Kalaoa, Kona Akau nei.

A no ka pakele ana o keia wahine i ka make, no ka wai ole o keia mau aina, ua hoohikihiki keia kanaka Haunui, aole e noho hou mai keia aina, aole hoi kana mamo e noho ma keia wahi.

---

112. The term "alu kaioio" would translate as "unevenly ridged."

Ua hele ioa keia kanaka aole a hoi hou mai, aole no hoi kekahi c kana mau pua a poe pili kaui aku iaia he ole loa, no ma na apo a pau a hiki i keia la, o ko laua mau inoa nae, oia mau no da e o nei a hiki i keia la a kakou e hoonauea la nei e ka Hoku o Hawaii. I'iplholo-kaao.

Na naue hoouanea.

Kuu wabi ia mawaho o ka uaau?

Haina, He holo paaki.

Oiai ka haua ana o ka paakai i ka wa kahiko he hauaia i ka lauhala a hauhoa ae ke kaula makoloa mawaho.

Kuu wabi i'a maloko ka unahi? Haina, he nioi.

Aia ka hua o ka nioi maloko, a oia no ka unahi o keia wabi i'a kupanaha ea?

Kuu wabi i'a ma ke kua kona maka?

Haina, he pakii-moe-one.

This man left and never returned, nor did any of his children or anyone related to him in any way ever go back from that time on, but their names still are uttered until this day in which we are entertained by *Ka Hoku o Hawaii*. A sprinkling, and the tale is done.

NĀ NANE HOʻONANEA [PLEASURABLE PUZZLES]

My little fish with intestines outside? Answer, a salt bundle.

This is because salt in olden times was wrapped in lau hala and tied with a makoloa cord on the outside.

My little fish whose scales are inside.

Answer, a chili pepper.

The seeds of the chili pepper are inside, and those are the scales of this fish. Amazing, right?

My little fish whose eyes are on its back.

Answer, a pākiʻi moeone [flat fish that lies in the sand].

NĀ HOʻONANEA O KA MANAWA
[PLEASURABLE PASTIMES]

KA INOA O NĀ LĀʻAU HAWAIʻI E ULU ANA MAI KA PIKO O NĀ KUAHIWI A HŌʻEA I NĀ LAE KAHAKAI A KE KAI E POʻI ANA
[THE NAMES OF HAWAIIAN PLANTS GROWING FROM THE MOUNTAIN PEAKS TO THE OCEAN POINTS WHERE THE WAVES BREAK]

These are actual native Hawaiian plants that grow and are familiar to these people. They come from the ancestors and continue to grow on these islands from ancient times, from standing trees that flower and fruit in the air to creeping vines that grow and fruit on the ground.

The plants that grow in clumps and the grasses that spread, becoming thickets.

SECTION I[113]

ʻAʻaliʻi
Aʻe
Āsia[114]
ʻAhakea
Ālaʻa
Alaheʻe
ʻAʻaka (Naio, Naiʻa)
ʻAlani (Kiʻi)
ʻAiea
ʻAʻawa (Hōʻawa)
Ākala
ʻAmaʻu
ʻAmaʻumaʻu
Āheahea
Āweoweo
Āhewa
ʻAlaʻala pūloa (ʻUhaloa)
ʻAlaʻala wainui
ʻAuhuhu
ʻAwapuhi
Ākōlea
Āwikiwiki
Āhihi
ʻAkiohala
ʻAwa liʻi (ʻAwaakāne)
Ahuʻawa
Ākulikuli
ʻAwa

---

113. It is worth noting that the following list is offered in an older form of alphabetical order, with vowels preceding consonants, while English alphabetizing was common at the time using a-b-c . . .

114. Probably "ʻĀkia."

NA HOONANEA O KA MANAWA

—

(Ka Iona o na Laau Hawaii, e ulu ana, mai ka piko o na, Kuahiwi a hoea i na lae kahakai a ke kai e po'i ana)

—

O na laau Hawaii ponoi maoli keia e ulu ana i kamaaina ia e keia lahui mai na kupuna mai a i ike ia e ulu ana ma keia Paeaina mai kahiko loa mai, mai na laau ku e ulu ana a pua a hua ma ka lewa ame na laau e ulu hihi e ulu ana a hua iho maluna o ka lepo.

Na laau e ulu ana ma ke opu ame na mauu e ulu nenee ana a e hiki ana ame na weuweu,

Mahele I

Aalii
A'e
Asia
Ahakea
Ala-a
Alahee
Aaka (Naic, Nai'a)
Alani (Kii)
Aiea
Aawa (hoawa)
Akala
Ama'u
Ama'uma'u
Aheahea
Aweoweo
Ahewa
Alaalapuloa (Uhaloa)
Alaalawainui
Auhuhu
Awapuhi
Akolea
Awikiwiki.
Ahihi
Aki'ohala
Awalii (awa-a-kane)
Ahuawa
Akulikuli
Awa

Mahele II	SECTION II

Mahele II

Eki (ki-la-i)
E lama (lama-hualama)
E kaha
E koko (koko)

Mahele III

Iliahi
Iii
Ilioha
Iwa
Iwaiwa
Ieie
Ihi-awa
Ihi-makole
Ihi-kumakua
Ihi-kumau
Ilima-makoi
Ilima-kuloa
Inalua (huehue)
Iliau
Iliee
Ipuawaawa

Mahele IV

Olona
Olomea
Olapa
O'a (hao)
Ohai-ula
Ohai-kea
Ohia-kumakua
Ohia-apane
Ohia-makanoe
Ohia-akea
Ohia-ula-ai
Ohia-kea-ai
Ohe-launui
Ohe-laulii
Ohe-makoi
Ohelo-papa
Ohelo-kaulaau
Opiko
Opiko-ula
Oha (haha)
Okupukupu
Oloa

Mahele V

Uluhe
Ulei
Ulehihi

SECTION II

'Ekī (Kī, Lā'ī)
Ēlama (Lama, Hualama)
'Ēkaha
'Ekoko (Koko)

SECTION III

'Iliahi
'I'i'i
Ilioha
'Iwa
'Iwa'iwa
'Ie'ie
'Ihi 'awa
'Ihi mākole
'Ihi kūmakua
'Ihi kūmau
'Ilima mākoi
'Ilima kūloa
'Inalua (Huehue)
Iliau
'Ilie'e
Ipu 'awa'awa

SECTION IV

Olonā
Olomea
'Ōlapa
O'a (Hao)
'Ōhai 'ula
'Ōhai kea
'Ōhi'a kūmakua
'Ōhi'a 'āpane
'Ōhi'a makanoe
'Ōhi'a ākea
'Ōhi'a 'ula 'ai
'Ōhi'a kea 'ai
'Ohe lau nui
'Ohe lau li'i
'Ohe mākoi
'Ōhelo papa
'Ōhelo kau lā'au
'Ōpiko
'Ōpiko 'ula
'Ōhā (Hāhā)
'Ōkupukupu
'Oloa

SECTION V

Uluhe
'Ūlei
Ulehihi

Uluʻeo
Uhiuhi pālau
Uhiuhi lau liʻi
Ulupua (Pua)
ʻUlu
ʻUhaloa (ʻAlaʻala pūloa)
ʻUala
Uhi
ʻUki
ʻUīʻuī

SECTION VI

Hōpue
Hona
Hōʻawa (ʻAʻawa)
Hōlei
Haʻā
Hāpuʻu
Hāhā (ʻŌhā)
Halapepe
Hame
Hinahina kuahiwi
Hinahina kūmau
Hinahina kolohihi
Hihikolo (Kākalaioa)
Hau koʻiʻi
Hau koʻiʻi ʻōhala
Honohono kūmau
Honohono kukui
Hoi
Huehue (ʻInalua)
Heʻupueo

SECTION VII

Kāwaʻu
Koa
Koaiʻa
Kauau[115]
Kauila
Kōlea
Kōkiʻo
Kopa
Kanawao
Kāmanomano
Kou
Kūpaoa
Kuluʻi
Kūkaeʻuaʻu
Kupaliʻi
Kūpala
Kikawawaeo[116]

Ulueo
Uhiuhipalau
Uhiunilaulii
Ulupua (Pua)
Ulu
Uhaloa (alaalapuloa
Uala
Uhi
Uki
Uwiuwi

Mahele VI

Hopue
Ho-na
Hoawa (aawa)
Holei
Ha-a
Hapuu
Haha (oha)
Halapepe
Hame
Hinahina Kuahiwi
"   " Kumau
"   " Kolo-hihi
Hihikolo (kakalaioa
Hau-koii
"   " Ohala
Honohonokumau
"   " Kukui
Hoi
Huehue (inalua)
Heu-pueo

Mahele VII

Kawa''u
Koa
Koaia
Kauau
Kauila
Kolea
Kokiʻo
Ko-pa
Kanawao
Kamanomano
Kou
Kupaoa
Kuluʻi
Kukaeuau
Kupalii
Kupala
Kikawawae-o

---

115. The modern spelling of this plant name is not certain.
116. The modern spelling of this plant name is not certain.

Kookoolau	Ko'oko'olau
Kakalaioa (hihikolo)	Kākalaioa (Hihikolo)
Kowali-pehu	Koali pehu
" " poni	Koali poni
" " makea	Koali mākea
" " kuahulu	Koali kuahulu
Kauna-oa-pehu	Kauna'oa pehu
" " hihi-kumuole	Kauna'oa hihi kumu 'ole
Kaeee	Kā'e'e'e
Kilioopu	Kili'o'opu
Ki-paoa	Kī paoa
Ki kuku	Kī kukū
Kikania-pipili	Kīkānia pipili
" " kuku	Kīkānia kukū
Kukaepuaa	Kūkaepua'a
Kamani	Kamani
Kalo	Kalo
Ko	Kō

Mahele VIII	SECTION VIII
Lama (Elama hualama)	Lama (Ēlama, Hualama)
Leleu	Leleu
Loulu	Loulu
Lauae	Laua'e
Laulele	Laulele
Liipoe (poloke)	Li'ipoe (Polokē)
Laukahi	Laukahi

Mahele IX	SECTION IX
Manono	Manono
Mamaki	Māmaki
Manele	Mānele
Mamane	Māmane
Manea	Mānea
Maua	Maua
Maile-kuloa	Maile kūloa
" " laulii	Maile lau li'i
" " kuhonua	Maile kūhonua
" " launui	Maile lau nui
Mokihana	Mokihana
Moa-nahele	Moa nahele
Mole	Mole
Makolokolo	Mākolokolo
Mauu-laili	Mau'u lā'ili
Makou	Makou
Malolo (wauke-malolo)	Mālolo (Wauke mālolo)
Mahikihiki	Māhikihiki
Manienie-akiaki	Mānienie 'aki'aki
" " makika	Mānienie makika
Makoloa	Makoloa
Makolemakaopii	Mākolemaka'ōpi'i

Mā'ohe'ohe
Ma'o (Puahau)
Mōhihi
Mai'a
Mākuakua

(To be continued.)

Maoheohe
Ma'o (puahau)
Mohihi
Maia
Makuakua
(Aole i Pau)

NA HOONANEA O KA MANAWA

—

(Ka Iona o na Laau Hawaii, e ulu ana, mai ka piko o na, Kuahiwi a hoea i na lae kahakai a ke kai e po'i ana)

———

O na laau Hawaii ponoi maoli keia e ulu ana i kamaaina ia e keia lahui mai na kupuna mai a i ike ia e ulu ana ma keia Paeaina mai kahiko loa mai, mai na laau ku e ulu ana a pua a hua ma ka lewa ame na laau e ulu hihi e ulu ana a hua iho maluna o ka lepo.

Na laau e ulu ana ma ke opu ame na mauu e ulu nenee ana a e hiki ana ame na weuweu,

———

Mahele X
Nai'a (najo, aaka)
Ne-na
Nioi
Na-u
Na'ena'e
Noni
Niu
Neneleau
Naunau
Nohokula
Nehe
Nohu
Naupaka
Nanaku

NĀ HOʻONANEA O KA MANAWA [PLEASURABLE PASTIMES]

———

KA INOA O NĀ LĀʻAU HAWAIʻI E ULU ANA MAI KA PIKO O NĀ KUAHIWI A HŌʻEA I NĀ LAE KAHAKAI A KE KAI E POʻI ANA

[THE NAMES OF HAWAIIAN PLANTS GROWING FROM THE MOUNTAIN PEAKS TO THE OCEAN POINTS WHERE THE WAVES BREAK]

These are actual native Hawaiian plants growing and familiar to these people. They come from the ancestors and continue to grow on these islands from ancient times, from standing trees that flower and fruit in the air to creeping vines that grow and fruit on the ground.

The plants that grow in clumps and the grasses that spread, becoming thickets.

SECTION X
Naiʻa (naio, ʻaʻaka)
Nena
Nīoi
Nāʻū
Naʻenaʻe
Noni
Niu
Neneleau
Naunau
Nohokula
Nehe
Nohu
Naupaka
Nānaku

SECTION XI

Pāpaʻahekili
Pāmakani lau nui
Pāmakani lau liʻi
Pāmoho
Palai ʻula (palaʻā)
Palapalai kūmau
Palapalai moeanu
Pāwale ʻula
Pāwale kea
Pala holo
Pōniu
Poaʻe
Pōpolo
Pūhala
Pilo kuahiwi
Pilo nohokula
Paʻina (pohā)
Paha
Paʻiniu
Puʻukoʻa
Pūkeawe
Poʻolā
Pōpolo kūmai
Pāpala kēpau
Pāpala ʻula
Pohepohe
Pūkāmole
Piʻa
Poʻaʻaha (Mākuakua)
Pualele
Pakai
Puʻukaʻa
Pīpīwai
Pua koliʻi
Puahau (maʻo)
Puakala
Punakikioho
Pili kalamālō
Pili hailimoa
Pilipili ʻula
Pāʻūohiʻiaka

Mahele XI

Papaahekili
Pamakani-launui
    "   " laulii
Pamoho
Palai-ula (palaa)
Palapalai kumau
    " " moeanu
Pawale-ula
    "   kea
Palaholo
Poniu
Poae
Popolo
Puhala
Pilo-kuahiwi
    " noho-kula
Paina (po-ha)
Pa-ha
Pa'iniu
Puukoa
Pukeawe
Po-o-la
Popolo-kumai
Papala kepau
    "   ula
Pohepohe
Pukamole
Pi'a
Poaaha (makuakua)
Pualele
Paka-i
Puukaa
Pipiwai
Puakolii
Puahau (ma'o)
Puakala   a
Punakikioho
Pili-kalamalo
    " hailimoa
Pilipili-ula
Pau ohiiaka

Pilikai
Pohuehue
Palaholo
Pala
Pia

Mahele XII

Wauke-poaaha (oia ka mea opiopio)

Wauke maoheohe (oia ka mea liilii)

Wauke malolo (oia ka mea loa)

Wiliwili

Wawae-iole

Wawaekolea

Wale-kuahiwi

Keia ka inoa o na laau Hawaii kahiko e ulu nei ma keia paemoku a i kamaaina hoi i na kupuna o kakou a hoea mai ia kakou i keia la.

Eia nae, o ka hapanui o keia hanauna aole i ike i ke ano o kela ame keia laau a aole no i loaa ka inoa o ka hapanui o na laau i hoike ia ae la maluna.

He mea maikai maoli no ka ike ana i ke ano o kela ame keia laau Hawaii ame ko lakou mau inoa e ulu nei mai ka piko kuahiwi e po'i mau ia nei e ka ohu anee kuahiwi a hoea aku i na kapakai nehe malie e kipehi mau ia ana e na hunakai.

O na laau hou mai e ulu nei aole ia i hookomo ia mai me keia mau mahele, a no ka mea he mau laau lakou i lawe ia mai na aina e mai a ke ulu nei ma keia pae moku me ka palena ole e hiki ole ai i kekahi o na laau Hawaii ke lanakila ka ulu ana.

Pilikai
Pōhuehue
Pala holo
Pala
Pia

SECTION XII

Wauke po'a'aha (this is its young stage)
Wauke mā'ohe'ohe (this is the small form)
Wauke mālolo (this is the long one)
Wiliwili
Wāwae'iole
Wāwaekōlea
Wale kuahiwi

These are the names of the ancient Hawaiian plants growing in the island chain that were familiar to our ancestors and remain so to us today.

However, a large portion of this generation does not know these types of plants and does not know the names of a majority of the plants shown above.

It is truly good to know the nature and name of every Hawaiian plant growing from the mountain peaks continuously covered by the creeping upland mist to the rustling shores that are forever pelted by the sea spray.

The new plants that are growing have not been included with these sections, because they are plants that have been brought from foreign lands and are growing wild here in the island chain to the point where Hawaiian plants cannot grow successfully.

Dear Patient Editor, your kindness is being asked for a space for these materials concerning the ancient Hawaiian plants so that the new generation may obtain the knowledge and understanding, and that they may know it for themselves and understand these things concerning their birthplace.

Written for the *Ka Hoku o Hawaii* by the Proud Mist in the Three Mountains.

Pu'uanahulu in the Highest. Kona, Hawai'i, April 17, 1924.

E kuu Lunahooponopopo ahonui, ke noi ia aku nei kou oluolu i keena no keia mau materia o na laau Hawaii kahiko i mea e loaai ka ike ame ka hoomaopopo ana i ka hanauna hou ke ike no lakou iho a hoomaopopo i keia mau mea, o ko lakou aina hanau.

Kakauia no ka Hoku o
   Hawaii e Ka Ohu Haaheo
      Ina Kuahiwi Ekolu.
Puuanahulu Ika Iuiu.
Kona, Hawaii Apr. 17, 1924.

Index

INDEX OF MOʻOLELO

Ahu a Kamaihi, Ke, 24–26

Ahu a Lono, Ke, 58–60

ʻAkahipuʻu Hill, 79

Altar of Lono, The, 58–60

Ana ʻo Laʻina, Ke, 6–12

Ana ʻo Mākālei, He, 83–88

Cairn of Kamaihi, The, 24–26

Cave Called Mākālei, A, 83–88

Celebrated Places of Puʻuanahulu, The, 62–63

Celebrated Places of Puʻuwaʻawaʻa Hill, The, 67–68

Hanakaumalu, 88

Helu Malama a me ka Papa Inoa o ke Kau ʻana o ka Mahina a Puni ka Makahiki, Ka, 95–99

Hiʻiakaikaʻaleʻī, 60

Hill Called Hainoa, The, 88–89

Hill Called Honuaʻula, The, 88

Hill Called Kuili, A, 79

Hill of Kāloa, 4–5

Inoa o nā Lāʻau Hawaiʻi e Ulu ana mai ka Piko o nā Kuahiwi a Hōʻea i nā Lae Kahakai a ke Kai e Poʻi ana, Ka, 112–120

Kaʻelehuluhulu, 22–23

Kaikamāhine Pūlehu ʻUlu, Nā, 71–74

Kaleikini's Blowhole, 6

Kanikū a me Kanimoe, 56–57

Kanikū and Kanimoe, 56–57

Kapalaoa, 60, 61–62

Kaʻualiʻi's Pavilion, 47–54

Keāhole Point, 19–22

Kīholo Pond, 38

Kūaiwa Stony Island, 62

Kukui o Hākau, 63–65

Kuʻunaakeakua, 75–78

Lā Laki a Pōmaikaʻi o ka Hānau ʻana o nā Keiki ma Kēlā me Kēia Mahina a Puni ka Makahiki, Nā, 93–94

Lae ʻo Keāhole, Ka, 21–22

Laʻina Cave, 6–12

Lama Rock, 74–75

List of Months and the List of the Names of the Moon Phases through the Year, The, 95–99

Listing of the Sum Tally and the Full Accounting of the Ancients Here in Hawaiʻi, The, 99–102

Loko ʻo Kīholo, Ka, 38

Loko ʻo Paʻaiea, Ka, 68–71

Loko ʻo Wainānāliʻi, Ka, 55

Luahinewai, 37–38

Lucky and Fortunate Days for Children Born in Each Month throughout the Year, The, 93–94

Maniniʻōwali, 26–32

Meko Rock, 61

Moemoe Hill, 39–47

Nāipuakalaulani, 62

Names of Hawaiian Plants Growing from the Mountain Peaks to the Ocean Points Where the Waves Break, The, 112–120

Nane Hoʻonanea, Nā, 111

Nūheʻenui, 79

Other Celebrated Places of Puʻuanahulu, The, 63

Paʻaiea Pond, 68–71

Pana ʻĒ Aʻe o Puʻuanahulu, Nā, 63

Papa Helu Kahi a Helu Nui a Helu Piha a nā Poʻe Kahiko o Hawaiʻi nei, Ka, 99–102

Pleasurable Puzzles, 111

Pōhaku Kūlua i ke Kai, Nā, 61

Pōhaku ʻo Lama, 74

Pōhaku ʻo Meko, 61

Pohokinikini, 89–92

Puhi a Kaleikini, Ke, 6

Pūkolu a Kaʻenaokāne, Nā, 56

Pūnāwai ʻo Wawaloli, Ka, 13–19

Puoʻa o Kaʻualiʻi, 47–54

Puʻu ʻo ʻAkahipuʻu, Ka, 79–82

Puʻu ʻo Hainoa, Ka, 88–89

Puʻu ʻo Honuaʻula, Ka, 88

Puʻu ʻo Kuili, He, 79

Puʻu ʻo Moemoe, Ka, 39–47

Puʻuokāloa, 4–5

Remaining Storied Places of Puʻuanahulu, The, 66–67

Rock Pair in the Sea, The, 61

Short Story about Haliʻipala and Malupaʻi, A, 106–108

Short Story about Nānāikahaluʻu, A, 108–111

Short Story for Kaniwai, A, 103–106

"Three Canoes" of Kaʻenaokāne, The, 56

Three Waters, The, 55

ʻUlu Roasting Girls, The, 71–74

Wahi Moʻolelo no Haliʻipala a me Malupaʻi, He, 106–108

Wahi Moʻolelo no Kaniwai, He, 103–106

Wahi Moʻolelo no Nānāikahaluʻu, He, 108–111

Wahi Pana i Koe o Puʻuanahulu, Nā, 66–67

Wahi Pana o Puʻuanahulu, Nā, 62–63

Wahi Pana o Puʻuwaʻawaʻa Puʻu, Nā, 67–68

Wai a Kāne, Ka, 32–36

Wai ʻEkolu, Nā, 55

Wai o Kahinihiniʻula, Ka, 3–5

Wainānāliʻi Pond, 55

Water of Kahinihiniʻula, The, 3

Water of Kāne, The, 32–36

Wawaloli Spring, 13–19

INDEX OF PLACE-NAMES

'Āhinahina, 64

Ahauhale, 3

'Āinakea, 108

'Akahipu'u, 72, 79, 82

'Ākomo, 66

'Alalākeiki, 67

'Anaeho'omalu, 61, 62

'Auwaiakeakua, 67

Awake'e, 26, 79

'Āwikiwiki Pond, 63

'Āwikiwikilua, 62

'Āwili, 36

Ha'ani'o, 60

Hā'ena, 20

Hainoa, 86, 87

Haleaniani, 65

Halema'uma'u, 38

Halulu, 65

Hāmākua Kihiloa, 49

Hāmākua, 48, 49, 52, 53, 63, 64

Hanakaumalu, 86, 88

Haonapāipu, 62

Hawai'i, 3, 6, 22, 23, 58, 59, 60, 78, 91, 92, 95, 97, 99, 112, 117, 120

Hawai'i Nui Kuauli, 23

Hi'iakaika'ale'ī, 60

Hi'iakanoholae, 6

Hikuhia, 53, 86

Hilo, 61

Hinakapo'ula, 72, 86

Hiwi Hill, 66

Honokōhau, 3, 21

Honu, 20

Honua'ula, 86, 88, 89

Ho'ohila, 18, 24

Ho'onā, 68

Ho'opili, 66, 67

Hopuhopu, 86–91

Hualālai, 66, 72, 86, 87, 91

Hu'ehu'e, 72, 85

Hūkūkae, 49, 50

'Īhale, 68

Ihuanu, 12

'Iole, 108

K—, 65

Ka'ai'alalauā, 86

Ka'aipua, 67

Ka'alā, 64

Kā'eka'eka, 65

Ka'eluhuluhulu, 22, 23, 68, 71, 74, 101

Kahakai, 20

Kahakaweka, 68, 91

Kahakina, 20

Kahaumanu, 66

Kahawai, 20

Kahikini, 4

Kahinihini'ula, 3

Kaholowa'a, 65, 66

Kaho'owaha, 20, 79

Kahuaiki, 86

Kahuakamoa, 67

Ka'ie'ie, 61

Kaiwi, 21

Kalae, 23

Kalaeokamanō, 101

Kalahuipua'a, 11

Kalaoa, 13, 14, 61, 108, 110

Kalaoa 4, 108

Kalapaio, 65

Kalaumalu, 66

Kaleikini's Blowhole, 6

Kaloko, 3, 6, 12, 21, 49, 54

Kaloko Wai 'Awa'awa, 49, 54

Kaluahine, 20

Kaluaho'olae, 67

Kaluakauila, 68

Kaluamakani, 86, 90, 91

Kaluaomilu, 86, 87

Kalūlū, 86
Kamāwae, 66, 86
Kanāhāhā, 20
Kanakaloa, 79
Kānepoko, 67
Kanikū, 55, 56, 57
Kanimoe, 56
Kanukuhale, 20
Kanupa, 66
Kanuʻuomilu, 87
Kapaʻalā, 44
Kapalaoa, 60, 61, 63
Kapāpū, 20
Kapuaʻiolīloa, 67
Kapunaliʻi, 77
Kapuʻukao, 86
Kaʻū, 5, 23, 62
Kauaʻi, 60, 61, 97
Kauakahi, 66
Kaʻuiki, 79
Kaukahōkū, 68
Kaʻulupūlehu, 36, 53
Kaʻulupūlehu Imu Akua, 36, 53
Kaʻūpūlehu, 32, 36, 63, 100
Kaʻūpūlehu Imu Akua, 36
Kawahapele, 72, 86
Kawaiakāne, 36
Kawaihae, 58, 63
Keāhole, 19, 21, 74
Keāhole Point, 19, 21, 74
Keāhua, 65
Keahualono, 58, 60
Keahuolū, 4
Kealakehe, 4
Keamuku, 67
Keanakapiki, 65
Keanalaʻi, 67
Keanamaui Hill, 66
Keanaohonu, 68
Keanaonāʻalu, 44
Keanapākū, 66
Keanauhakō, 66

Keawaiki, 42, 63
Keawelānai, 68
Keawenuiaʻumi, 46
Kehena, 11
Kekaha, 3, 47, 61, 67, 68, 70, 74, 75, 76, 77, 91
Kekaha Wai ʻOle, 61, 67, 68, 70, 91
Kekahakaweka, 29
Keoneʻeli, 72, 86
Kep, 65
Kepuhiapele, 79
Kīholo, 11, 37, 38, 42, 64, 67, 101
Kīlauea, 38
Kīleo, 72, 86
Kīpāheʻe, 86, 87, 91
Kīpuka Oēoē, 86
Kohala, 5, 7, 8, 9, 10, 11, 12, 20, 21, 23, 50, 53, 60, 61, 63, 64, 72, 75, 76, 91, 108, 110
Kohala Iki, 11
Kohala Loko, 50, 53
Kohala Makani ʻĀpaʻapaʻa, 11, 12
Kohala Nui, 11
Kohanaiki, 21
Kona, 3, 5, 7, 23, 47, 48, 49, 52, 60, 61, 67, 74, 92, 110, 120
Kona ʻĀkau, 23, 110
Kona Kai Malino a ʻEhu, 47
Kuaʻana, 65
Kuahāpuʻu Kīpuka, 66
Kuahikukalapaoanahulu, 63
Kūaiwa, 62
Kuili, 79, 80
Kuiliokanaueue, 81
Kūkamahunuiākea, 68
Kūkaʻōhiʻalaka, 89
Kūkiʻo, 26, 27, 32, 79, 100
Kūkiʻo 2, 26
Kukuiahākau, 64
Kukuialuahine, 68
Kukuianu, 68
Kukuihaele, 64
Kūmaiakukui, 65
Kūmua, 65

Kumukahi, 23
Kumumāmane, 86
Kuʻunaakeakua, 75, 76, 78
Laemanō, 37
Laeoʻumi, 68
Laʻina Cave, 6
Lama Rock, 74
Lapakaheoiki, 63
Lapakaheonui, 63
Lauaʻe, 67
Lehua, 14
Lepelau, 65
Luaʻanui, 108
Luahinewai, 37, 38
Mahaiʻula, 22, 68
Mahiki, 53
Mailekini, 65
Makahuna, 51
Makalawena, 76, 79
Makanikahio, 53
Makanikiu, 86, 91
Makaʻula, 24
Makenaolaʻi, 68
Maloʻoliua, 68
Maniniʻōwali, 26, 27, 28, 29, 30, 31, 32, 79
Manohili, 63
Manuahi, 71, 73
Maui, 20, 58, 59, 97
Maukī, 63
Maunaomali, 67
Meko Rock, 61
Moanuiahea, 86
Moanuiākea, 80, 81, 82
Moeaahiahi, 67
Moʻokini, 21
Muliwai, 20
Nāahuakamaliʻi, 64
Nāʻelemākulekukui, 65
Nāhaleanīheu, 64
Nāhaleokaua, 86
Nāhaleokūlani, 63
Nāhonoapiʻilani, 20

Nāipuakalaulani, 62
Nāpali, 68
Nāpoʻopoʻo, 74
Nāpuʻu, 40, 42, 43, 45, 46, 51, 53, 62, 64, 65
North Kona, 23, 110
Nūheʻenui, 79
Oʻahu, 97
ʻOʻoma, 13, 14, 16, 21, 68
ʻŌpae, 20
ʻOuhīloa, 48, 49
Paʻaiea, 68, 70, 71, 73, 74
Paʻakea, 65
Paʻauhīloa, 48, 49
Pacific, 23
Paepae, 67
Pāhale, 68
Pāhoa, 62
Pahulu, 86
Paiʻea, 11
Pakakaualoa, 72
Pānēnē, 68
Pāoʻo, 20
Pauwaʻa, 65
Pikohanaiki, 65
Pikohananui, 65
Pilinui, 63
Pōʻainakō, 66
Pōhākau, 63
Pōhakukauio, 66
Pōhakuokeliʻi, 63
Pōhakuowaiokalani, 64
Pohokinikini, 86, 89
Pohoʻula, 66
Pololū, 50, 53
Puakahale, 43
Puakalehua, 63
Puakō, 49, 65
Puakōana, 65
Pūʻalalā, 86
Pulehuaʻaua, 66
Pūmanu, 79
Puna, 23, 60, 61

Puoʻa o Kaʻualiʻi, 47, 51
Puʻu Māhoe, Nā, 86
Puʻuanahulu, 43, 55, 62, 63, 65, 66, 67, 120
Puʻuhanalepo, 65
Puʻuhaole, 65
Puʻuhuluhulu, 62, 65
Puʻuiki, 65, 86
Puʻuikilehua Hill, 66
Puʻukī, 72
Puʻukoa, 86
Puʻumāmaki, 72, 86
Puʻunāhāhā, 48, 66, 79
Puʻunāhāhā Hill, 66
Puʻuoeoe, 68
Puʻuʻōhiʻa, 65
Puʻuokalaukela, 65
Puʻuokāloa, 4, 5
Puʻuokaʻōiwi, 65
Puʻuolili, 65

Puʻuuhinuhinu, 86
Puʻuwaʻawaʻa, 62, 65, 67, 68
Realm of Milu, 87
Two Kaʻahaloa, The, 67
Two Kaluakoholua, The, 67
ʻUaʻupoʻoʻole, 53
Uhu, 86
ʻUmiʻāinaokū, 125
ʻUpolu, 21, 23
Wahaokaheʻe, 65
Waihalulu, 3
Wailua, 14
Waimea, 58
Wainānāliʻi, 55, 56
Wawaloli, 13, 68, 74
Welekau, 66
Wiliokīholo, 68
Wiliwilikomo, 68
Wiliwiliwai, 68

INDEX OF PERSONAL NAMES

Anahulu, 51, 52, 53, 54, 65
ʻEhu, 46, 47
Emerson, Jos., 82
God, 75, 94
Haʻaniʻo, 60
Hākau, 63, 64
Halemihi, 62
Halepāiwi, 60–61
Halepāniho, 60, 61
Haliʻipala, 106
Haunui, 108, 110
Heʻo, 78
Hiku, 88
Hikuikanahele, 87, 88
Hina, 88, 89
Hinaikainananuʻu, 78
Hinaiukananuʻu, 78
Hind, Robert, 68
Honoalele, 7, 28
Huʻi, 44
Iwahaʻonou, 40, 41, 43, 44, 45, 65
Kaʻeleawaʻa, 29
Kaʻelemakule, John, 23, 75
Kaenaokāne, 56
Kahaluʻu, 83
Kahawaliwali, 28, 29, 31
Kalana, 61
Kalanialiʻiloa, 61
Kalapakū, 51
Kalapana, 60, 61
Kalaukoa, A. P., 100
Kaleikini, 6, 82
Kalepeamoa, 76, 77
Kaluaʻōlapa, 17, 18
Kamaihi, 24, 25
Kamakaoiki, 13
Kamalālāwalu, 58, 59
Kamehameha, 37

Kamiki, 78
Kamohaliʻi, 30
Kāne, 32, 34, 35, 36, 80, 99
Kāneikawaiola, 34, 82
Kānepōiki, 60
Kanikū, 56
Kanimoe, 56
Kaniwai, 60, 61, 62
Kapalaoa, 68, 69, 70
Kapilau, 33, 34, 36
Kapulau, 68, 69, 70
Kaʻualiʻi, 39, 47, 51, 52
Kauihā, 28
Kauʻoleʻole, 103
Kawaiū, 100
Kawelu, 87
Kealaiki, 49
Keanapōʻai, 10
Keawenuiaʻumi, 46
Kepaʻalani, 68, 70, 74
Kīkaua, 27, 28, 29
Koʻamokumokuoheʻeia, 84
Koʻamokumokuoheia, 83
Koʻamokumokuohuʻeia, 83
Kolomuʻo, 71
Kū, 88, 89
Kuahiku, 47, 49, 51
Kuahikukalapaoanahulu, 51
Kūaiwa, 62
Kuhulukoe, 80
Kumukeakalani, 32
Laʻi, 71
Laʻina, 6–12
Lawelawekeō, 78
Loli, 15, 17
Lono, 58, 60
Lonoikamakahiki, 58
Lonoikamakahikikapuakalani, 59

127

Luahine'eku, 6, 10
Luanu'uanu'upō'elekapō, 78
Luanu'upo'elekapō, 78
Maguire, J. A., 72, 79, 82
Maiai, 100
Makakūokalani, 58, 59
Mākālei, 83, 84, 86
Makanikeoe, 7, 28
Malumaluiki, 13, 15, 17
Malupa'i, 106, 107
Manini'ōwali, 26–32
Milu, 59, 87
Moana, 28
Moanuiākea, 80, 81, 82
Moemoe, 39–43, 45, 65
Nahuanōweo, 48
Nāhulu, 80
Nāipuakalaulani, 62
Nānāikahalu'u, 108, 109
Pa'a'āina, 47, 49, 51
Pāhinahina, 71
Pahulu, 80, 81

Papa'apo'o, 18, 19
Pele, 30, 38, 39, 51, 65, 71, 72, 74
Pelehonuamea, 72
Pōhakuahilikona, 50, 51
Po'opo'o, 103
Po'opo'omino, 28, 29
Puawali'i, 28
Pūhili, 103
Puniaiki, 75–77
Pupuaākea, 58–60
Pu'uanōweo, 52
Pu'umoi, 61
Pu'unāhāhā, 48, 79
Solomon, 94
Uluweuweu, 27, 28, 30
Wailoa, 10
Waka'ina, 7–12
Wāwā, 15
Wāwahiwa'a, 10–12
Wawaloli, 13
Welewele, 39

INDEX OF WIND NAMES

'Āpa'apa'a, 8, 11, 12
'Eka, 19, 74
Ho'olua, 21

Kēhau, 21
'Ōlauniu, 40, 61
Unulau, 40

INDEX OF RAIN NAMES

Kākīkepa, 28
Kīpuʻupuʻu, 58

Lanipōlua, 28
Palahīpuaʻa, 48, 49

INDEX OF ANIMAL NAMES

'A'ama, 42
'Ahi, 19, 76
Āhole, 55, 74
Aku, 19, 25, 47, 48, 68, 70, 104
Akule, 101
'Ama'ama, 55
'Anae, 55, 74, 101
Awa, 55, 74
'Elepaio, 81
Hīnālea, 14
Iheihe, 101
Kāhala, 19
Kala, 14, 16
Kāpā eel, 107
Kauila eel, 107
Kāwele'ā, 14
Kole nuku heu, 76
Laumilo eel, 107
Mamali, 76
Manini, 31, 32

Moa, 81
'Ō'io, 76
Ono, 101
'Ōpae koea, 55
'Ōpae 'ula, 55
'Ōpakapaka, 19
'Opihi, 14, 15, 42
O'u eel, 107
Pai'ea, 42
Pāki'i moeone, 111
Palani, 14, 16, 76
Palani mahao'o, 76
Pualu, 76
Puhi, 106
Pūpū, 14–15
Ua'u, 72
Uhu, 14, 16
'Ulua, 99
Wana, 42
Weke lā'ō, 76

INDEX OF PLANT NAMES

'A'aka, 112, 117

'A'ali'i, 63, 66, 112

'A'awa, 112, 114

A'e, 112

'Ahakea, 112

'Āheahea, 112

'Āhewa, 112

'Āhihi, 79, 112

Ahu'awa, 112

'Aiea, 112

'Ākala, 112

'Ākia, 112

'Akiohala, 112

'Ākōlea, 89, 112

'Ākulikuli, 35, 112

'Āla'a, 112

'Ala'ala pūloa, 112

'Ala'ala wainui, 112, 113

Alahe'e, 112

'Alani, 112

'Ama'u, 112

'Ama'uma'u, 72, 89, 112

'Auhuhu, 112

'Awa, 83, 112

'Awa li'i, 112

'Awaakāne, 112

'Awapuhi, 112

'Āweoweo, 112

'Āwikiwiki, 112

'Ēkaha, 113

'Ekī, 113

'Ekoko, 113

Ēlama, 113, 115

Ha'ā, 114

Hāhā, 114

Halapepe, 114

Hame, 114

Hao, 113

Hāpu'u, 32, 35, 106, 107, 114

Hau ko'i'i, 114

Hau ko'i'i 'ōhala, 114

He'upueo, 114

Hihikolo, 114, 115

Hinahina kolohihi, 114

Hinahina kuahiwi, 114

Hinahina kūmau, 114

Hō'awa, 112, 114

Hoi, 36, 106, 114

Hōlei, 114

Hona, 114

Honohono kukui, 114

Honohono kū mau, 114

Hōpue, 114

Hualama, 113, 115

Huehue, 113, 114

Hulilau, 106

'Ie'ie, 113

'Ihi 'awa, 113

'Ihi kūmakua, 113

'Ihi kūmau, 113

'Ihi mākole, 113

'I'i'i, 113

'Iliahi, 113

Iliau, 113

'Ilie'e, 113

'Ilima kūloa, 113

'Ilima mākoi, 113

Ilioha, 113

'Inalua, 113, 114

Ipu 'awa'awa, 113

'Iwa, 113

'Iwa'iwa, 113

Kā'e'e'e, 115

Kākalaioa, 114, 115

Kalo, 4, 14, 24, 25, 32, 35, 43, 62, 83, 104, 109, 110, 115

Kamani, 115

Kāmanomano, 114

Kanawao, 114

Kauau, 114

Kauila, 6, 54, 106, 114

Kauna'oa hihi kumu 'ole, 115

Kauna'oa pehu, 115

Kāwa'u, 114

Kī, 35, 113

Kī kukū, 115

Kī paoa, 115

Ki'i, 112

Kīkānia kukū, 115

Kīkānia pipili, 115

Kikawawaeo, 114

Kili'o'opu, 115

Kō, 24, 25, 43, 44, 62, 115

Koa, 114

Koai'a, 114

Koali kuahulu, 115

Koali mākea, 115

Koali pehu, 115

Koali poni, 115

Kōki'o, 114

Koko, 113

Kōlea, 114

Ko'oko'olau, 68, 115

Kopa, 114

Kou, 114

Kūkaepua'a, 115

Kūkae'ua'u, 114

Kūka'ōhi'alaka, 89

Kukuiahākau, 64

Kulu'i, 114

Kūpala, 114

Kupali'i, 114

Kūpaoa, 114

Lā'ī, 113

Lama, 113, 115

Laua'e, 115

Laukahi, 115

Laulele, 115

Leleu, 115

Li'ipoe, 115

Lini, 106

Līpālāwai, 88

Loulu, 115

Māhikihiki, 115

Ma'i o Hu'i, 44

Mai'a, 24, 25, 43, 62, 116

Maile kūhonua, 115

Maile kūloa, 115

Maile lau li'i, 115

Maile lau nui, 115

Mākolemaka'ōpi'i, 115

Mākoloa, 111, 115

Mākolokolo, 115

Makou, 115

Mākuakua, 116, 118

Mālolo, 115, 119

Māmaki, 6, 7, 8, 115

Māmane, 115

Mānea, 115

Mānele, 115

Mānienie makika, 115

Manono, 115

Ma'o, 116, 118

Mā'ohe'ohe, 116, 119

Maua, 115

Mau'u lā'ili, 115

Moa nahele, 115

Mōhihi, 116

Mokihana, 115

Mole, 115

Na'ena'e, 117

Nai'a, 112, 117

Naio, 112, 117

Nānaku, 117

Nā'ū, 117

Naunau, 117

Naupaka, 117

Nehe, 117

Nena, 117
Neneleau, 117
Nīoi, 117
Niu, 117
Nohokula, 117
Nohu, 117
Noni, 32, 117
Oʻa, 113
ʻŌhā, 113, 114
ʻŌhai kea, 113
ʻŌhai ʻula, 113
ʻOhe lau liʻi, 113
ʻOhe lau nui, 113
ʻOhe mākoi, 113
ʻŌhelo kau lāʻau, 113
ʻŌhelo papa, 113
ʻŌhiʻa, 66, 67, 72, 80, 81, 85, 89, 109
ʻŌhiʻa ākea, 113
ʻŌhiʻa ʻāpane, 113
ʻŌhiʻa kea ʻai, 113
ʻŌhiʻa kūmakua, 113
ʻŌhiʻa makanoe, 113
ʻŌhiʻa ʻula ʻai, 113
ʻŌkupukupu, 113
ʻŌlapa, 113
ʻOloa, 113
Olomea, 113
Olonā, 113
ʻŌpiko, 113
ʻŌpiko ʻula, 113
Paha, 118
Pahapaha, 106
Paʻina, 118
Paʻiniu, 118
Pakai, 118
Pala, 32, 106, 107, 119
Pala holo, 118, 119
Palaʻā, 118
Palai ʻula, 118
Palapalai kūmau, 118
Palapalai moeanu, 118

Pāmakani lau liʻi, 118
Pāmakani lau nui, 118
Pāmoho, 118
Pāpaʻahekili, 118
Pāpala kēpau, 118
Pāpala ʻula, 118
Pāʻūohiʻiaka, 118
Pāwale kea, 118
Pāwale ʻula, 118
Pia, 119
Piʻa, 32, 35, 106, 107, 118
Pili hailimoa, 118
Pili kalamālō, 118
Pilikai, 119
Pilipili ʻula, 118
Pilo kuahiwi, 118
Pilo nohokula, 118
Pīpīwai, 118
Poʻaʻaha, 7, 8, 118
Poaʻe, 118
Pohā, 118
Pohepohe, 118
Pōhuehue, 119
Polokē, 115
Pōniu, 118
Poʻolā, 118
Pōpolo, 118
Pōpolo kūmai, 118
Pua, 114
Pua koliʻi, 118
Puahau, 114, 118
Puakala, 118
Pualele, 118
Pūhala, 118
Pūkāmole, 118
Pūkeawe, 118
Punakikioho, 118
Puʻukaʻa, 118
Puʻukoʻa, 118
ʻUala, 4, 11, 24, 25, 32, 35, 43, 46, 62, 83, 98, 114

'Uhaloa, 112, 114
Uhi, 35, 106, 114
Uhiuhi pālau, 114
Uhiui lau li'i, 114
'Uī'uī, 114
'Uki, 114
Ulehihi, 113
'Ūlei, 53, 54, 113
'Ulu, 6, 35, 71, 72, 74, 79, 106, 114
Ulu'eo, 114

Uluhe, 113
Ulupua, 114
Wale kuahiwi, 119
Wauke mālolo, 115, 119
Wauke mā'ohe'ohe, 119
Wauke po'a'aha, 119
Wāwae'iole, 119
Wāwaekōlea, 119
Wiliwili, 85, 119

About the Translators

KILIKA BENNETT was born on the island of O'ahu and raised in the moku of Wai'anae. He graduated from Wai'anae High School and attended the University of Hawai'i at Mānoa, receiving BA degrees in the English and Hawaiian languages. While in the Hawaiian-language master's program, he joined the Institute of Hawaiian Language Research and Translation, where he developed his skills as a researcher and translator. Currently, he works at Ka'ala Farm Inc. in Wai'anae as a project coordinator.

PUAKEA NOGELMEIER is a professor emeritus of the University of Hawai'i at Mānoa, where he taught the Hawaiian language for thirty-five years and founded the Institute of Hawaiian Language Research and Translation. He is a cofounder of Awaiaulu, where he currently serves as executive director and continues to work as a teacher, researcher, composer, and translator.